詩の森文庫

現代詩との出合い

わが名詩選

鮎川信夫 他

Ayukawa Nobuo

E09

思潮社

現代詩との出合い

目次

現代詩との出合い

——わが名詩選

現代詩との出合い

鮎川信夫

（戦前編）

一

私が詩を読みはじめたのは、中学の一、二年の頃、書きはじめたのも、ほぼその頃である。投書雑誌などで他人の詩を読み、こういうものならおれにも書けそうだ、ぐらいの気持で始めたように思う。

それから、一、二年は、無我夢中だったといってよい。でたらめに読み、でたらめに書いていた。手あたり次第、有名詩人に感心し、少しずつその真似をしてよろこんでいた。人にかくれた少年のひそかな遊びにすぎなかったが、むろん、詩ばかり読んでいたわけではない。小説もずいぶん読んだ。しかし、小説は、いくら面白くても、ただそれだけで、持続的な感銘を受けるというようなことはなく、たいてい読み捨てで終った。

そうした私の少年時代のとりとめのない耽美的乱読癖にとどめをさしたのは萩原朔太郎であった。橙色した新潮文庫の薄い一冊が、当時の私の心に惹き起した驚愕は、たとえようもないほどだった。私はたちまち、朔太郎の詩句に特有な病的感覚の魅力のとりことなってしまった。三日に一つぐらいのわりあいで朔太郎ばりの詩を書き、朔太郎のような詩人になりたいと念願した。

地面の底の病気の顔　萩原朔太郎

地面の底に顔があらはれ、
さみしい病人の顔があらはれ。

地面の底のくらやみに、
うらうら草の茎が萌えそめ、
鼠の巣が萌えそめ、
巣にこんがらがつてゐる、
かずしれぬ髪の毛がふるへ出し、

冬至のころの、
さびしい病気の地面から、
ほそい青竹の根が生えそめ、
生えそめ、
それがじつにあはれふかくみえ、
けぶれるごとくに視え、
じつに　じつに　あはれふかげに視え。

地面の底のくらやみに、
さみしい病人の顔があらはれ。

『月に吠える』の中の一篇だが、どうしてこのような詩が、少年の心を捉えてはなさなかったのかわからない。また、決定的とも思われた朔太郎の影響から、どうして、そんなに早く心が離れていったのかも、よくわからない——としておこう。

いろいろ説明する間もないくらい、とつぜん、私は眼を他に転じてしまったのである。季刊「詩と詩論」の第何冊目であったか、それは忘れたが、とにかく古本屋で一冊見つけて買ってきた。詩も評論も、難かしくてよく分らなかったが、私は萩原朔太郎をやめて、たちまちこちらに転向してしまった。以来、私は、本質的にはモダニストである――と自分では思っている。

なぜ、モダニストになったか――これも答えにくい。気がついたときは、生田春月から萩原朔太郎までの影響をはらい落して、モダニストになっていたのである。

西脇順三郎の『Ambarvalia』という赤い表紙の豪華本詩集は、じめじめした朔太郎の日本的な抒情の世界とはちがって、明るく透明な、異国的感覚にあふれた抒情の世界を啓示してくれた。私は薄暗いところから、いきなり日光の戸外に連れだされたようなとまどいを感じた。

天気　**西脇順三郎**

(覆《くつがへ》された宝石)のやうな朝
何人か戸口にて誰かとさゝやく
それは神の生誕の日。

西脇は、その後もたくさん詩を書き、特に最近は、長いだらだらした詩をよく書くようになったが、この三行詩をはじめて見た時以上に、私を驚ろかしたことはない。もちろん、この詩がいちばんいいなどと言っているのではない。ただ、西脇の詩の基本的な性格は、この三行詩にはっきり出てしまっており、その後は、時と年齢に応じてアクセサリーが変っただけだと言いたい。もう一篇、挙げておこう。

ヴィーナスの宵祭　西脇順三郎

Ⅰ

明日は未だ恋を知らない人々に恋を知らせよ　恋せる者も明日は恋せよ　新しき春　歌の
春　春は再生の世界　春は恋人は結ばれる　小鳥も結ぶ　森は結びの雨に髪を解く
明日は恋なき者に恋あれ　明日は恋ある者にも恋あれ

Ⅱ

明日は恋人を結び女は木蔭にルミトスの小枝でみどりの家を織る　明日は歌ふ　森へ祭り

の音楽を導き　デイオーネの女神の導き法を読む
明日は恋なき者に恋あれ　明日は恋ある者にも恋あれ

III

明日は最初の精気の結ばれた日とならん　明日は天の血と泡吹く海の球より青天のコーラスと二足の馬の中　結びの雨の下に　海から生れ出るデイオーネを産んだ日
明日は恋なき者に恋あれ　恋ある者にも恋あれ

IV

女神は紫の季節を花の宝石で彩る　浮き上る蕾に西風の呼吸で暖い総《ふさ》を繁らせるために吹きあほる　夜の微風のすぎる時残りのきらめく露に濡れた滴りを播き散らす
明日は恋なき者に恋あれ　明日は恋ある者にも恋あれ

V

輝く涙は重い滴りにふるへる　落ちようとする実は小さい球となりその墜落を支へる　晴

朗な夜に星の滴らした湿りは処世の蕾を夜明けに濡れた衣から解く
明日は恋なき者に恋あれ　明日は恋ある者にも恋あれ

VI

見よ　花びらの紅は清浄なはにかみを生んだ　そして薔薇の火焔は暖き群りから流れ出る
女神自身乙女の蕾から衣を脱がせよと命じた　薔薇の裸の花嫁となる為に
明日は恋なき者に恋あれ　明日は恋ある者にも恋あれ

VII

キュプリスのヴィーナスの血　恋の接吻　宝石　火焔　太陽の紫の輝きでつくられた花嫁
　は明日は燃える衣の下にかくされた紅の光りを濡れた森のしげみから恥ぢずに解く
明日は恋なき者に恋あれ　明日は恋ある者にも恋あれ

この初夏の蟬の鳴声のやうな歌
名の知れぬ詩人の古の羅馬語に

残るそのたどたどしさ
五月まつりは恋の女神の祝ひだが
森の若芽がまだ霜にこほる時
楡の焚火の明りで読んだ思ひ出
燃える皮の渋き

いま、この詩をうつしているのは、昭和二十二年に改訂発行された『あむばるわりあ』からだが、私の記憶に誤りがなければ、初版本では終章の七行がなかった。表題も違っていたように思う。終りの七行を読むと、「明日は恋なき者に恋あれ　恋ある者にも恋あれ」を繰返しとする本歌は、どうやらローマの無名詩人の作品の翻訳であったらしい。当時は、ただ西脇作とのみ思いこみ、なんという豪勢な詩を書く詩人だろうと感心していたのである。エキゾティスムに憧れる気持があったためかもしれない。

このような西脇の詩にどうして魅かれたかは、前掲の萩原朔太郎の場合と同様、掘りさげてみても大して意味はないだろう。少年の心理に格別の仔細があろうとは思われない。高村光太郎、宮沢賢治ではなく、中野重治、小熊秀雄でもなく、その他の誰でもなくて、萩原とか西脇のような、いわば芸術演技過剰な詩人が好きになったということのうちには、私の心性の何かを物語るものがあるのかもしれないが、そんなことはどうでもよい。どちらにしても、そこには自己の痕跡を、ほんのわずかしか認められないのである。私にとって、いくらか意味があるのは、どうしてこういう詩に興味を失っていったか、である。

だが、その後興味を失ったからと言って、この時期に読んだ萩原や西脇の詩を、まるっきりつまらない詩だというつもりはさらさらない。どういう入口からどういう人が入ってくるかわからぬものであるし、詩の種類は多いほうがよい、と私はいつも思っている。こんな詩から、新しい感動をえて出発する人があってもわるくはない。

しかし、私は、出発当初の自分の感動、詩的経験に少しも信をおいていない。懐しむ気持もなければ、はずかしいという感情もない。ようするに人ごとのようであり、二十五年の歳月は、これらの詩と私とのあいだに白々しい距離をつくったようである。

ただ、その頃から一貫して変らないと思われるのは、私の詩の読み方である。と言っても、別に人と変った読み方をしているというわけではない。多くの人が、私と同じような読み方をしているに違いないのだが、それは、詩を読まないという読み方である。

その人の人格にふれるには、何もその人の話を聞かなくてもよい、という場合がある。目を見、声を聞いただけで、その人がよくわかるという場合がある。そのように詩の言葉に接するのである。その詩がいいかわるいか、好きかきらいかは、読むまでもなく決ってしまうものである。たいていの人は、読んでから決めようとするが、それはしばしば見当ちがいである。

詩の場合、解釈は悪だという考え方が、本能的に、私にはある。しかし、こうは言っても、一篇の詩の中にかくされた奥深い意味が、長い期間のうちに少しずつわかってくる楽しみを否むものではない。知ることと、愛することは一つである。解釈が、知ることを促進するかぎり、それに反対はしないが、何でも解釈しないと承知しないという風潮は、詩にとって不幸なことである。解釈は、かえって現代詩はわからない、などとえらそうに宣言する現代の野蛮人を増加させる結果にしかならない。

二

昭和十四年（一九三九年）二月の終りに、W大学文学部の有志と一緒に出すことにした「荒地」第一輯が出来てきた。その扉に、T・S・エリオットの「荒地」の冒頭四行を録した。もちろん、その詩が気に入っていたからであり、自分たちの荒地に、いくらか意味を持たせたいと考えたからである。

四月は最も残酷な月、
死地からライラックをそだて、
記憶と欲望をまぜあわせ、
だるい根っこを春雨で刺戟する。

訳は、この通りだったかどうかは、なにしろ本がなくなってしまったので分らない。その時は「新領土」に載った上田保訳を借用した。第二輯には、同じく「荒地」の第二部「将棋遊び」から次の節をとった。

私はなにをしたらよいのですか。
一体なにをしたら。
外に飛び出し、髪毛を垂らして街を歩いたらよいのですか。
明日になったら、私たちは何をしたらよいのでしょうか。

私たちは永久に何をしたらよいのでしょうか。

戦後、二十二年十月一日発行された田村隆一編集の「荒地」(2)が、たまたま手許にあったので開いてみると、やはりこの同じ詩句が表紙裏に録されていた。この方の創刊号には、果して「四月は最も残酷な月」という詩句がのっていたかどうかは記憶になく、これも本がなくなってしまったので確かめようがない。が、この一例を見てもエリオットの「荒地」を一つのシンボルとすることで、私たちが戦前と戦後のある連続を認めようとしたことは確かであろう。

四月が、どうして最も残酷な月なのか、さっぱり納得がゆかない、と思う読者もあろう。原詩は、たしかチョーサーの文章をもじったものだと記憶するが、本歌の意味はともあれ、私には、自分(たち)の出発を、残酷な月と暗喩することで、その運命が予感としてはっきり捉えられたような気がしたのである。このようにして毎号「荒地」の中から一節を掲げることにし、第五輯には、その第五部「雷の言ったこと」を、他の同人と共訳してのせたのであった。

エリオットは、およそ詩人が与えうる最大の影響ともいうべきものを、私に与えた詩人である。特にその詩が好きで熱中したとか、彼の思想に深く共鳴したとか、というのではない。また、詩でも散文でもエリオットを読むことは、私にとって大きな楽しみだったが、だからといって他の人以上に、エリオットを理解していた、というつもりもない。ただ、近代文明全体にたいする強烈なヴィジョンを、そのネガティヴなイメジを通して受けとったのであった。

それは、知的な認識とは言えない。しかし、感性的なものであるだけに、深く心の土壌にしみ込んでしまったように思われる。詩が一種の（感性的な）認識の具として、近代文明全体に対抗してゆけるという、漠然たる信念を抱くに至ったのは、エリオットの詩を読んだことからである。

「荒地」の第一輯を出した時、私は、他に二つの雑誌に参加していた。その一つは、今日の「荒地」の前身ともいうべき「LE BAL」（中桐雅夫編集）と「新領土」（春山、村野、近藤、上田編集）の二誌である。「LE BAL」には、すでに衣更着信、森川義信、牧野虚太郎、北村太郎がいた。この年から、翌年、翌々年にかけて、三好豊一郎、田村隆一、関保義、疋田寛吉、堀越秀夫などが入り、「VOU」（北園克衛編集）の黒田三郎や木原孝一などともつき合いがあって、戦後の「荒地」の下地はできていた。「LE BAL」は、その後「詩集」と改題され、堀田善衞、中村真一郎、鈴木亨、井手則雄、茂木徳重、村次郎、小山正孝、白井皓司、村松定孝などが入ってきたと記憶する。

この期間、最もよくつき合った詩人は、森川義信であった。彼は、当時、新宿の近くの下宿に住んでいたので、柏木二丁目にあった私の家からも遠くないので、よく行き来したものであった。はじめて会ったのは、たしか昭和十二年の秋頃だったと思うが、のっそりした無口な大男という感じであった。

彼の作品「勾配」は、「荒地」第四輯に発表されたもので、すでに何度か引用したことがあるが、ここでもう一度掲げておきたいと思う。

勾配　**森川義信**

非望のきわみ
非望のいのち
はげしく一つのものに向って
誰がこの階段をおりていったか
時空をこえて屹立する地平をのぞんで

そこに立てば
かきむしるように悲風はつんざき
季節はすでに終りであった
たかだかと欲望の精神に
はたして時は
噴水や花を象眼し
光彩の地平をもちあげたか
清純なものばかりを打ちくだいて
なにゆえにここまで来たのか
だがみよ
きびしく勾配に根をささえ
ふとした流れの凹みから雑草のかげから
いくつもの道ははじまっているのだ

わずか十八行の詩だが、私たちの不幸な青春について、言うべきことを言いつくしている。

彼からこの詩を示されたとき、私は、ある原型的なものを感じないわけにはゆかなかった。彼が抒情的天才を持合せていたことは、われわれにとって幸いだった。いくら、詩に関する認識が新しくなっても、なかなか感情の質をかえることはできるものではない。多くのモダニストの躓きの石となったものは、その知性と感情のアンバランスであった。モダニストといえどもけっきょくは土台となっている感情が古く、環境が閉鎖されると土着的な思想に敗北することになった。

そのような時、根なくして生きなければならなかった私にとって、森川の詩は、大きな慰めであり、希望であった。これが単なる論理であったら、あの苛酷なナショナリズムの嵐の只中で、こっぱみじんに打砕かれてしまったかもしれない。

『荒地詩集』に載っていない詩を二つ、たぶん「勾配」の後に書かれたと思われる作品を、ここに紹介しておこう。

断章　森川義信

おおくの予感に充ち
おまえの皮膚にはとどかず

はるかに高い所を
わたった
あの鋭い動きさえ
速かに把えたのに
精神よ
季節は錆びた
新しい時へ
歩みを移すこともできず
灰は灰に
石は石に還った
しかし
それらの冷やかさを
身をもって感じていることは
もっと不幸だった

哀歌

森川義信

枝を折るのは誰だろう
あわただしく飛びたつ影は何であろう
ふかい吃水のほとりから
そこここの傷痕から
ながれるものは流れつくし
かつてあったままに暮れていった

いちどゆけばもはや帰れない
歩みゆくものの遅速に
思いをひそめ
思いのかぎりをこめ
いくたびこの頂に立ったことか

しずかな推移に照り翳り
風影はどこまで暮れてゆくのか
みずからの哀しみを捉えて佇むと
ふと
こころの佗しい断面から
わたしのなかから
風がおこり
その風は
何を貫いて吹くのであろう

「勾配」を頂点として、彼の詩は、骨と皮ばかりになっていった感がある。学校を落第していたので、早目に軍隊にとられ、仏印進駐からビルマへまわり、昭和十七年八月十三日ミイトキーナで戦病死してしまった。故郷丸亀の役場に委託していったという簡単な走り書きの遺書が、母親アサさんの手紙と一緒にとどいた。私の入隊も一カ月後に迫っていたので、感無量であった。もう一人のM、茂木徳重が、私の留守中、柏木の家に立寄り、森川の死を聞

き、声を出して泣いたそうである。彼も、

僕たち　ひとつの精神族
明日　よい時代が来るであろうか？
何のあたりから僕らの希みは再び胎むであろうか？

と便箋に書き残していったが、けっきょく森川のあとを追ってビルマで戦死してしまった。

その頃、私は「橋上の人」という詩を書いていた。過去と未来の中間に佇んで動かない人間のイメジは、自分にふさわしいものと思われた。このイメジは、いま東京新聞にいる酒井徳男と一緒に、新橋あたりからボートに乗って、数寄屋橋のほうからぐるっと汚い運河を一まわりしたときに得たものである。その人間には、根はなかったかもしれないが、世界との接触は、けっして失っていない、というおかしな自信があった。根のない植物なら、死ぬほかはないが、人間は、根がなくても生きてゆけると信じた。

堀田善衞が、

空みれば　空
海みれば　海

というような行で始まる村次郎の詩をひどくほめたことがある。そして、だいたいモダニズム系統の詩や絵画は、地平線がどこにあるのかわからないと言って非難した。私は答えることができなかったが、村次郎の詩の地平線は気に入らなかった。しかし、おれはおれの地平線を見つけなければならない、とひそかに考えた。われわれのやらなければならないことは、近代をのりこえてゆくこと——絶対的に近代的であること——であって、近代からあとずさりすることではない。自分にとって、近代的であるということは、世界と接触を失わないということでなければならないと思った。私にとって、詩は、そのための唯一の窓であったのである。

青春と戦争

田村隆一

合唱　中桐雅夫

A

友よ、東京へ帰ってきたまへ、
そこには、君の霊を慰めるものもなく、
生き残ったちひさな眼が、
焼け崩れたビルディングのしたで、
冬の雨に晒されてゐるだけだが、
君の霊が帰ってくるとき、
やはらかい飛行機のやうに、
ふらふら東京の空をさまよふとき、
太陽は輝きを増し、
焦げたプラタナスに、いくつかの芽も生えるだらう。

B

僕は帰つてきた、友よ、
いく月も南の海を泳ぎつづけて、
僕のこころは脚気の足のやうに脹れ、
押された部分はくぼんだまま、
いつまでたつても盛りあがつてこないのだ、
教へてくれ、友よ、
僕の生涯はそこに終り、
しかしまたそこから始まるのだらうか。

A

ここは沙漠の都会、灼熱の街だ、
期待も失望も、
すべては蜃気楼のやうに、
あらはれては消え、消えてはあらはれる、
もつともかすかな風にさへ、
ひとびとは倒れさうになり、幻影の杖をさがしもとめる。

B

なんのためにそこへ帰ってきたのか、
削っても削っても折れてしまふ鉛筆のやうに、
人間の仕事は、そこではすべて虚しいといふのか。

AB

僕らを結ぶ共通の記憶——
大学は灰色の煉瓦で建てられ、
可憐な少女のゐたバアはバルボオといったね、
軽機関銃はよく磨かれてあり、
血のにじんだ煙草はチェリイだったね、
ともにすごしたクリスマス、酔ひどれた夜々、
そして僕らの胃には無数の悔ひが突き刺さり、
僕らはときどき吐きさうになったね、
しかし喪はれた時を取戻すことができないやうに、
僕らはいまも吐くことができないままでゐるのだ。

A　僕は生きてゐる。
B　僕は死んでゐる。

AB　しかし、
春がきてまた春がくるやうに、
生き残つたものも死んだものも、
ともに、虚しい仕事をつづけてゆかねばならないのだ、
しづかに燃える火が燃えつきない限り、
人のいのちが永遠につながる限り。

⁂

昭和二十年八月十五日、ぼくらは舞鶴の若狭湾で、日本の敗戦をむかえた。昭和十九年秋、鹿児島の航空隊から大津の航空隊に転勤してきたぼくは、予科練の教官となった。十三期、十四期、十五期、十六期の予科練がそれである。十三期のなかから、特攻隊コースを選抜（志願という形で）し、教官のぼくをかこんだ、三十数名の予科練の、異様な記念写真が、

ぼくの手元にのこっている。昭和二十年の六月、日本の航空力の壊滅によって、大津の航空隊の一部は陸戦隊に編入され、ぼくは噴進砲中隊の中隊付という肩書で、その第一小隊と、舞鶴、若狭湾のちいさな寺にたてこもることになった。小隊長は、土佐の高等学校出身の少尉になったばかりの熱血漢だった。隊員は十六期の予科練で、中学生とかわりなかった。いわばぼくも、熱血漢の少尉も、中学の教師のようなものだった。ぼくは中隊付という肩書をいいことに、終日ぶらぶらと、附近の山をあるいてばかりいた。陣地探しというのが名目だったが、山の上から天の橋立てをながめながら昼寝ばかりしていた。第一、肝心の噴進砲が、海軍工廠から未到着だったし、噴進砲なるものを、中隊長も見ていない始末だった。大津の航空隊当時、予備学生あがりの士官ばかりあつまってよく酒を飲んだが、ぼくらの入手し得る資料から判断して、日本の敗戦（作戦行動の限界点）をギリギリにしぼって、九月いっぱいとぼくらはフンだ。ぼくはますますなまけものになり、個室に入って、本ばかりよんでいた。夜は月給を前借して、大津の女部屋へひとりで酒をのみにいった。（敗戦時、主計科の計算によると、ぼくの前借料は、月給の三月分を上廻っていた）

そもそも、ぼくが海軍に入ったときから、ぼくは「同期の桜」と孤立していた。昭和十七年の秋、ぼくの周囲から、鮎川、中桐など、最後のモダニストが兵隊にとられていった。ぼくは、詩を書く意欲がまったくなくなり、「どうせ死ぬならモダニストらしく合理的に死んでやるんだ、詩を書かないで、詩を実行してやるんだ」などとわけのわからないことを、病身の三好豊一郎に書きおくり、海軍の航空隊に入ってしまった。「あんまりヤケにならないでくれ」というのが、そのときの三好の返信だった。

思えば昭和二十年の夏は、ぼくにとってもっとも楽天的な夏であった。ぼくも、ぼくの時代も、ぼくの国も、壊滅する日がありありとヴィジブルに感じられた夏だった。海軍からは借りられるだけの金を借りて、酒をのんでしまった。虫歯もなおす必要がなかったし、スマートになっている必要もなかった。晴れた日は、ゴム長をはいて歩いていた、なぜなら、穴があいていて、雨の日にはものの用に立たなかったからだ。「ゴム長」というのが、予科練諸君がぼくにあたえたニック・ネームだった。午后は、予科練をつれて、若狭湾に泳ぎにいった。ぼくは砂浜にねころび、日本海の海の色ばかりながめていた。

十五日の正午、天皇のラジオ放送をきいた。土佐高出身の熱血漢の少尉は、やにわに日本刀をぬきはなち、沈うつな表情で氷のヤイバに見いった。ぼくはキョトンとしている予科練にむかって、「もう、なにもしないでいいんだよ。すぐ家へかえれるからね、午后は身のまわり整理、学校にもどって、しっかり勉強したまえ」こんなことを云うと、はじめてみんな泣き出した。

ぼくはテレて、自分の部屋に入ると、ゴロッと横になった。「当惑」の一語につきた。解放感など、ぼくにはまるでなかった。これから、どうやって生きてゆくのだろう、面倒なことだ、というのが、ぼくの偽らざる心情だった。中隊は解散になり、ぼくは家から送金してもらった金で、海軍の借金を精算した。原隊にかえってみると、退職金が出ていた。米一斗をかついで、京都の画家の家にころがりこみ、二十年の十月が終るまで、東京にかえらなかった。

十一月のはじめ、両親の疎開先である、埼玉県の羽生に、ぼくがたどりついたときは、まったくの無一物、無一文だった。なすべきことはなにもなかった。闇屋とブローカーが血眼になってかけずりまわっている時代に、なにがぼくにやれよう。

岐阜の山奥にいる鮎川から手紙が来た。「荒地」という言葉が、まっさきにぼくの目にとびこんだ。なすべきことは、「荒地」だけだ、ぼくははじめてそう感じた。

東京の廃墟の中で、生きのこった同時代の子が何人かあつまった。北村太郎、三好豊一郎、鮎川信夫、堀越秀夫、木原孝一、黒田三郎、疋田寛吉、中桐雅夫だった。

ぼくらは薄っぺらな雑誌をつくり、暗黒の詩を書き、悲惨な時代とたたかった。ぼくらは、前世代の詩人にはなんらの関心をもしめさなかった。ぼくらのつぎの輝しいゼネレーションはまだ生れていなかった。

ぼくらの同時代の詩は、いわばぼくらの詩だけだった。ぼくらはぼくらの詩を「同類の詩」とよびあった。

⁂

一九五一年（昭和二十六年）ぼくはひとつのアンソロジーをつくった。ぼく自身のために、どうしてもこのアンソロジーがほしかったのだ。

序文は鮎川信夫に起草を依頼し、「荒地」のメンバーによって承認された。

親愛なるX……

あまり人目につかぬ僕達の仕事を、好意をもって見守ってくれる君は、今迄どのような詩によっても、心から満足したり、感動したりしたことがなかったであろう。そして君はほんの偶然から、僕達の詩を読んでみることになったのかも知れない。しかしたまたま僕達の詩が、君の眼にふれる機会を持ち、君の精神のながい遍歴の過程に於て、たとえ一時とはいえ時を借りたということは、単に偶然ではないように思われる。僕達と同じように、現代を荒地と考えている君は、君自身の悩みを持っているだろう。そして、その悩みに迎合するどんな言葉の甘美な表現よりも、自己の現実の悩みの方が遥かに未来を孕んでいることに気づいている筈である。

親愛なるX……。それだからこそ僕達は、特に君に向って話しかけたいと希望し、僕等が共通に抱いている荒地の観念について深く知って貰いたいと、熱烈に願うのである。

これが「Xへの献辞」と題する序文の冒頭である。

内容

I 詩

死んだ男　アメリカ　白痴　繋船ホテルの朝の歌　橋上の人

冬……………………栗山　脩

手記…………………高橋宗近

難破スル陸地ニツイテ　死ノ黒イ洋傘ノ影ニツイテ　縊レ死ヌ太陽ニツイテ　砲弾ト夜明ケノ唇ニツイテ　逆サマノ8ノ字ト洋盃トニツイテ　夜ノ壁ト煉瓦トニツイテ　月光部屋ニツイテ　朔風ニツイテ　秋ニツイテ　雨期ニツイテ

君は死にさえしなかつた…堀越秀夫

幻影の時代……………木原孝一

期待　幻影　幻影の時代二篇

虚しい街………………森川義信

衢にて　勾配　壁　廃園　虚しい街　あるるかんの死

市民の憂鬱……………黒田三郎

あなたの美しさにふさわしく　母よ誰が　時代の囚人　お金がなくて　自由　体験　声明　歳月　予見　小さな椅子　愚かなからくり三篇　我等の仲間　死の中に

Ⅱエッセイ

6　詩への希望

わがアンソロジイ、題して、『荒地詩集一九五一年』B6版二四八頁、詩もエッセイも8ポ二段組とし、カバーのデザインには、ダーク・レッドに黒字と白字をくみあわせた。発行一九五一年八月一日、定価二五〇円、発行所、早川書房、部数三千。

（このあと、荒地詩集一九五二、五三、五四、五五、五六、五七、五八、及び別冊二冊は、鮎川信夫の編集により、荒地出版社から発行された）

⁂

機会があたえられたら、「同時代の詩」というアンソロジイを、ぼくは編集してみたいと思っている。

はかない原形

黒田三郎

僕にとって、詩をよむことも、詩をかくことも、決して何か晴れがましいことではなかったということを、最初に云っておきたい。それは、今でも多分にそうである。詩をよむときも、詩をかくときも、そっとひとりでいたい。ひとに知られないでいたいと思う。

これはあくまで「僕にとって」であって、詩自体を何か恥ずかしいもののように思ったことは一度もない。自分がそれをよみ、それをかくということに、いつもある後めたさを感じずにはいられなかったというだけである。「これが果して詩と云えるかどうか」という疑惑をいつも僕は僕自身のかいたものに感じて来た。それは今でもそうだと云える。

多分、いま「わたしのアンソロジー」を編むにあたっても、そういうものが私のアンソロジーを歪めるだろうと思う。

僕は「わたしのアンソロジー」を書くにあたって、改めて何か壮大なアンソロジーを編むつもりはない。僕にはありあわせのものを提示するほかに何の手段もないのである。

壮大なアンソロジーの夢が僕にもないわけではないが、それでは、「あなたがロビンソン・クルーソーだったら、どんな本をもってゆくか」といったアンケートに対する答えのようなことになる。自分はよみもしないくせに、「聖書」がよいとか、何がよいとか、勝手なことを答えかねないからである。

同年代の詩人たち、中桐雅夫や木原孝一などにくらべると、僕はほとんど早熟な少年ではなかった。それでも中学四年生のとき、同人雑誌を出したことがあるが、僕のかいたものと云えば、綴り方であった。上級生たちが、「若草」の詩の投稿欄の話をするのを、ただ羨望の念をもってきいているだけであった。

旧制高等学校に入ってしばらくしてから、詩をよみはじめた。そして、あっと言う間もなく、西脇順三郎や春山行夫の詩論のとりことなった。

「詩と詩論」のバック・ナンバーをよみはじめた。厚生閣やボン書店、第一書房などから出された当時の新鋭詩人たち、三好達治、丸山薫、北川冬彦、上田敏雄、北園克衛、春山行夫、阪本越郎などの詩集をよみはじめた。

今から考えると、僕が旧制高等学校へ入ったのは、いわゆる支那事変、日中戦争のはじまった年にあたる。詩の歴史のうえでみると、この年五月に「新領土」が創刊されている。「V

ＯＵ」の結成は、その二年前の昭和十年である。

僕の目には「新領土」や「ＶＯＵ」が大写しで映ったが、すでに当時は「コギト」「四季」「日本浪曼派」の時代だったのである。

いわゆるモダニズムの詩論のとりことなってしまったが、しかし、彼らの詩はほとんど僕の心をゆすぶらなかった。ただ何となく、彼ら以前の日本の詩人たちの詩は、よむに値いしないという先入観念を強く植えつけられただけであった。

恐らく、萩原朔太郎、高村光太郎、中原中也、佐藤春夫、金子光晴などの詩も当時よんだにちがいないのだが、軽薄にも当時の僕はそれらに対して全く不感症であった。

『女たちへのエレジー』に収められた詩のいくつかを、何という薄汚ない、つまらぬ詩だろうと思って、よんだ覚えがある。

洗面器　**金子光晴**

洗面器のなかの
さびしい音よ。

くれてゆく岬の
雨の碇泊。

ゆれて、
傾いて、
疲れたこころに
いつまでもはなれぬひびきよ。

人の生のつづくかぎり
耳よ。おぬしは聴くべし。

洗面器のなかの
音のさびしさを。

当時の僕にはこの「さびしさ」はわからなかった。わからないどころか、こんな薄汚ない

「さびしさ」などは軽蔑するように、ならされていたのである。

「センチメンタル」であることを極端に軽蔑するような空気が、僕のまわりにあふれていたが、僕は「VOU」や「新領土」の詩には、それほど魅かれるものを感じなかった。

春山行夫の詩論をタテマエとしながら、ホンネはほかのところにあった。

春　**安西冬衛**

てふてふが一匹韃靼海峡を渡つて行つた。


この一行の詩の新鮮さには、全く驚嘆した。目の前がさっとひらける思いであった。しかし、この一行の詩を除くと、安西冬衛詩集『軍艦茉莉』も『亜細亜の鹹湖』も、何か不可解な感じであった。

北園克衛『白のアルバム』、上田敏雄『仮設の運動』もいたずらに華麗な感じがしただけで、西脇順三郎『Ambarvalia』も、評論集『純粋な鷲』『超現実主義詩論』『輪のある世界』ほどの興味を僕に懐かせなかった。当時の僕がひそかに愛したのは、もっと古風な、感傷的詩であった。

三好達治『測量船』の冒頭から三篇の詩を次に記そう。

春の岬　三好達治

春の岬旅のをはりの鷗どり
浮きつつ遠くなりにけるかも

乳母車

母よ――
淡くかなしきもののふるなり
紫陽花いろのもののふるなり
はてしなき並樹のかげを
そうそうと風のふくなり

時はたそがれ
母よ　私の乳母車を押せ

泣きぬれる夕陽にむかつて
鱗々と私の乳母車を押せ

赤い総ある天鵞絨の帽子を
つめたき額にかむらせよ
旅いそぐ鳥の列にも
季節は空を渡るなり

淡くかなしきもののふる
紫陽花いろのもののふる道
母よ　私は知つてゐる
この道は遠く遠くはてしない道

雪

太郎を眠らせ、太郎の屋根に雪ふりつむ。

次郎を眠らせ、次郎の屋根に雪ふりつむ。

僕がもっと好きだったのは、丸山薫詩集『帆・ランプ・鷗』のなかのいくつかの詩であった。

砲塁　**丸山薫**

破片は一つに寄り添はうとしてゐた
亀裂はいま頰笑まうとしてゐた
砲身は起き上って
ふたたび砲架に坐らうとしてゐた
みんな儚い原形を夢みてゐた

ひと風ごとに砂に埋れていつた
見えない海
候鳥の閃き

破片

砲口に鴉が巣をつくつてゐた
砲架の崩れには蝙蝠がひそんでゐた
土砂は堆く
錆に絡まれた思念の中に

めいめいが日と夜とかけちがって暮してゐた

もっと古い詩人たち、島崎藤村、土井晩翠、薄田泣菫、蒲原有明、三木露風……の詩も一応よむにはよんだのかもしれないが、モダニズムかぶれの高校生には、何の痕跡も残していない。なかで愛誦したのは北原白秋「落葉松」の「二」である。

「八」の四行詩からなるこの詩の「二」の四行だけが特に好きだった。

旧制高校一年の僕が心ひそかに愛したのは、こういう詩であったが、それがすべてではなかった。タテマエとホンネは奇妙に交錯し、僕の読書は矛盾だらけであった。読書だけではない。生活と行動そのものが全く矛盾だらけであった。平気で相反したもののなかに生きていた。

しかし、ともかくモダニズムの詩に対象を限定すれば、それ以後の数年は、このタテマエをホンネがつきぬける過程であったと言うことができるかもしれない。

春山行夫、近藤東、村野四郎、上田保の四氏が編集した「新領土」自体が、W・H・オーデン、S・スペンダー、C・D・ルイス、マイケル・ロバーツなどの詩論を毎号のように紹介し、モダニズムかぶれの高校生の興味も当然、当の編集者である日本の詩人よりも、より多くオーデン、スペンダーへ向けられることとなったのである。

モダニズムの詩と詩論と同時に、新感覚派や新興芸術派の小説をそのころむさぼるようによんだ。また当時「癩」「再建」と島木健作の諸作が相次いで出るごとに、これをよんだ覚えがある。

フローベール、ポー、リラダン、D・H・ロレンスなどの小説をまた好んでよんだ。

僕は、ひそかに愛誦した詩として、安西冬衛や三好達治、丸山薫などの詩をあげたが、モダニズムの詩のなかでは、竹中郁、近藤東の詩が比較的好きだった。何か感覚的に親しみやすいもの、触発されるものが、それらにあったからだろうと思う。

しかし、それらを愛誦したことと全く違った意味をもって、僕は『悪の華』をよんだ。僕は文科乙類だったので、第一外国語はドイツ語であり、フランス語はいまでも全然よめない。村上菊一郎、佐藤朔、三好達治の諸氏の翻訳でボードレールをよんだのである。

われとわが身を罰する者　ボードレール

われ汝を打たん、怒りもなく

憎しみもなく、屠殺者のごとく、
岩を打つモーゼのごとく！
われは汝の眼瞼より

わがサハラ砂漠に漑がんため
苦悩の水を噴き出さしめん。
希望に膨れしわが願望は
鹹き汝の涙の上を泳がん、

沖に乗り出す船のごとくに。
かくて涙に酔ひしわが心の中に
汝のいとしき歔欷は
襲撃の太鼓のごとく鳴りひびかん！

われを揺がしわれを嚙む

飽くことを知らぬ反語は
われを聖なる交響楽中の
不協和音となすにあらずや。

反語こそわが声の中の金切り声！
この黒き毒液はすべてわが血！
われは鬼女がその顔を映す
不吉なる鏡！

われは傷にして刀！
われは打つ掌にして打たるる頬！
われは四肢にして引裂く車、
死刑囚にして死刑執行人！

われは己が心の吸血鬼、

——永劫の笑ひの刑に処せられつつも
もはや微笑むことも能はぬ
偉大なる敗戦者の一人!
(村上菊一郎訳)

『悪の華』にも『パリの憂鬱』にも、ここに引用したい詩が充満している。もう一篇あげてみよう。

人殺しの酒　ボードレール

女房は死んだ、おれは自由だ!
これでしこたま飲めるといふもの。
今までは一文無しで帰ってくると
奴の喚きが骨身にこたへた。

王様みたいにおれは仕合せ。
大気は清く、空は晴れて……

奴にはじめて惚れたのも
こんな風な夏だったっけ！

身を裂くやうな恐ろしい渇きを
堪能させるには、女房の墓に
なみなみと溢れるほどの酒が
要る。——大きな声では言へないが、

おれはあいつを井戸の底に叩き込み
井戸の縁の敷石さへも
残らず上から投げ込んだのだ。
——出来ればこんなことは忘れたい！

二世までもと契りかはした
やさしい愛の誓ひにかけて、

惚れ合ってゐた昔のやうに
二人の仲を取り戻さうよと、

おれは女房に夕方暗い路傍で
逢曳しようと申し出た。
奴は出てきた！　莫迦な女さ！
尤も人間は誰でも多少莫迦なのだが！

世帯やつれはしてゐたが女房は
あれで綺麗だった！　おれはおれで
どうやら好きになってきた！　だからこそ
死んでしまへ！　と言ったのだ。

誰ひとりおれの気持は解るまい。
阿呆な酔ひどれどもの中で

薄気味悪い夜な夜なに、酒で屍衣を
作ろうと考へた奴がどこにゐよう。

鋼鉄製の機械のやうに
不死身でやくざな飲んだくれは
夏でも冬でもかつて一度も
真の愛など知らないものさ。

どす黒いその陶酔に附纒ふのは
疑心暗鬼の行列と
毒薬の瓶と溢れる涙と
鉄鎖の響と骸骨の音

――今こそおれは自由なひとり身！
今夜は死ぬほど酔ひつぶれ、

恐怖も悔いもあらばこそ
地べたの上にごろ寝して

犬ころみたいに眠るとしよう！
砂利や泥を満載した
重い車輪のトロッコや
たけり狂った貨車などが

罪あるおれの頭を砕き、または
おれの胴体を真二つにするだろう。
だがおれは、神や悪魔や聖台と同様に、
そんなことは眼中にないのさ！

（村上菊一郎訳）

これらの詩は当時の僕にとって全くの衝撃であった。いま現に、これらの詩を写しとりながら激しい心躍りを覚える。

「われは四肢にして引裂く車、死刑囚にして死刑執行人！」という形で、現代詩が僕の心にひろがったのである。

趣味としては「砲塁」や「破片」のような詩が僕は好きであった。今でも好きである。ヨーロッパの例をひとつあげると、例えばサッポーの次の詩である。

夕星は、
かがやく朝が　八方に散らしたものを
みな　もとへ　連れかえす。
羊をかえし、
山羊をかえし、幼な子を　また母の
手に連れかえす。

（呉茂一訳）

趣味として僕が好きなのは、こういった詩である。

しかし、『悪の華』は伝染病のように僕に襲いかかり、それから詩は僕のなかで専ら悪の華としてはびこったのである。

フランス語のよめない僕にとって、昭和初期以来紹介されたシュルレアリズムは、単なる知識として入って来たにすぎない。アンドレ・ブルトンやルイ・アラゴンの詩や詩論を翻訳でよみ、ロートレアモンの「ミシンと洋傘との手術台の上の不意の出合いのように美しい」という一行の示しているものを、ひとつの革命として受けとったことはたしかである。しかし、『悪の華』が直接僕の心身に訴えたのにくらべると、それはあくまでひとつの知識としてであった。

もちろん『悪の華』だって翻訳でよんだのである。それはすべての翻訳がそうであるように、『悪の華』が何であるかを示しているというより、より多く『悪の華』が何を語っているかを示すものではあろう。

しかし、二十五年前の一旧制高校生にとって、それはまさしく詩そのものとして、心に受けとめられたのである。僕はここで貧弱な知識をもってボードレールを論じようとも、翻訳論を展開しようとも思っているわけではない。一高校生の心にそれがどういう風に入って来たかを説明しているだけのことである。

『悪の華』から限りなく詩を引きたい思いがするが、そういうわけにもゆかない。今ひとつ引くだけにとどめなければならぬ。

信天翁　ボードレール

よく無聊の慰みに、船員どもは、
巨きな海鳥、信天翁を生擒りにする。
しほからい深海の上を滑りゆく船に随ふ
この鳥は、船路の旅の呑気な道連れ。

だが、甲板に据ゑられると、
この蒼空の王様もぎごちなく羞かんで
白い大きな双翼を櫂のやうに両脇に
あはれ、だらりと引摺るのみ。

翼あるこの旅人の、さてもぶざまな意気地なさ！
あの美しさはどこへやら、なんと笑止な見苦しさ！

パイプで嘴をつつかれるやら、
跛ひきひき、空飛べぬ不具者の真似をされるやら！

詩人はこの雲居の王者にそっくりだ。
嵐を冒して翔けめぐり射手を嘲り笑ふとも
ひとたび下界に追ひやられ、漫罵の声に囲まれれば、
その巨大な双翼も足手まといになるばかり。

（村上菊一郎訳）

この詩を僕があげたのは、詩と詩人について僕はやはり『悪の華』に学んだと思うからである。古めかしいが、僕は詩人を「信天翁」として考える。詩をよみ、詩をかくことの後めたさ、それはこういうところに由来しているのかもしれない。仮に自分を「ぶざまな意気地なさ」において考えるとしても、自分を「蒼空の王様」や「雲居の王者」と考えることは、僕にはできない。自分を詩人だなんて、とても思えないのである。仮に「ぶざまな意気地なさ」に身をおいて、自分が詩をよむとしても、それはやはり後めたい感じのすることである。
ひとつは当時よんだトーマス・マン「トニオ・クレーゲル」が、僕のなかになお痕跡を残

していることによるのかもしれない。この抒情的な小説のなかで、詩人は市民との対立においてとらえられ、トニオ・クレーゲル自身は「迷える俗人」として描かれている。二十数年詩をかいていていながら、僕は自分のことを「迷える俗人」としか考えることができない。

僕はとても「われわれ詩人は率先して……」などと声を張りあげる気持にはなれない。安保反対のデモに、ひとりの市民としてはごく素直に、自ら進んで僕は参加した。しかし、「われわれ詩人は」という叫びは、そうやすやすと発するわけにはいかぬ。

あるいはまた「この詩人は水準以上の力量を示している」などといった評言を吐くことも僕にはできない。何が水準以上か。

僕は、二十五年前の一旧制高校生となって「わたしのアンソロジー」を編もうとこころみたが、結局それはアンソロジーではなく、『悪の華』一巻に帰することとなってしまった。いたし方ないことである。

しかし、タテマエとしてのモダニズムの詩論をはねのけることは、それほど容易ではなかった。高等学校から大学へかけて(大学は経済学部を選んだ)僕はドストエフスキーとニーチェに熱中した。モダニズムの詩論によって不感症にされてしまった詩人たちのなかでも、萩原朔太郎の偉大さは、そのうちいくらかわかって来たが、僕にはその詩の病的な感触が親しめなかった。

今から考えると、本の虫のように本ばかりよんで暮した時代であったが、その大半を全く忘れ去ってしまったのに、当時何とも思わないですごしたドイツ語の教科書のグリルパルツェルやシュテファン・ツワイクの小説が、案外はっきりと思い出されるのが不思議である。自分の思いも寄らないところで、思いも寄らないものが、重要な働きをしているようにさえ思われる。

高等学校の教室で、前の生徒の背中にかくれてよんだ『自然弁証法』や『唯物論と経験批判論』などというむつかしい本は、ただ最初の頁から最後の頁まで目を通したというだけのことであったらしい。「レーニンにかかったら、ヒュームもバークレイも型なしなんだな」というだけで、僕にはそのヒュームやバークレイがどんな哲学者やら、さっぱりわからなかった。多分それは今でもそうである。大学でケインズをよんだなどというのも、同様の噴飯物である。

それにくらべると、グリルパルツェル『ウインの辻音楽師』は今でも僕の心のなかに生き生きとしたイメージを残していると思う。大半の書物は、「よんだ」と書いても、「よまなかった」と書くのに等しいのである。

ニーチェにしても、僕は全く自分流に、それを詩としてよんだ。例えば『世界名詩集大成』のドイツ篇にニーチェの「詩集」もあげられている。しかし、ニーチェをあげる場合、僕は詩の一、二篇としてここにその詩をあげる気持にはなれない。ニーチェの著作全体を貫き流れるものとして、僕は詩を学んだからである。

昭和十八年の二月、僕は台湾から南下する輸送船の甲板にいた。真冬の装束で出発したにもかかわらず、シンガポールに近づくにつれて、気候は真夏にかわり、僕の安物の腕時計はこの激変にたえかねて、全くでたらめに針を動かしはじめた。南十字星の見えるあたりで、僕はランボー『地獄の季節』を海にほうりこんだ。全く、興味のない白々しいものにそれが変ってしまったことに僕は気づいたのである。ジャワの病院で、その翌年『マルテの手記』を開いたときも、ほんの二、三頁よんだだけで、僕はそれをよむ気力を失った。

その理由を問うことも、今は止めて、それ故それらを僕のアンソロジーに入れることができなかったというだけにしておかねばならない。

日本の現代詩に大きな影響を与えていると一般に思われているエリオットやリルケの詩の場合、今でも僕は何か理解を拒まれているといった違和感なしに、それをよむことはできない。拒否されているといった感じなのである。

最後に僕があげたいと思うのは、それらではなく、オマル・ハイヤーム『ルバイヤート』のなかの一篇である。昭和二十三年末に出た小川亮作訳の岩波文庫版で、僕はそれをよんだ。紙質のわるいその文庫は今でも僕の手許にある。

一四〇

さあ、ハイヤームよ、酒に酔って、
チューリップのような美女によろこべ。
世の終局は虚無に帰する。
よろこべ、ない筈のものがあると思って。

ボードレールの詩も、ハイヤームの詩も、帰せずして酒の詩をあげてしまったが、いくら僕が飲んだくれでも、自分の飲んだくれをこれで弁護しようなどと思っているわけではない。これらの詩が単なるイロニイであり、自己韜晦であるとも僕は思わないのである。
九百年も昔に、こういう詩をかいたひとが、科学者であり、思想家であったことに深い感動を覚えずにはおられない。

アンソロジーの必要と困難さ

中桐雅夫

公正な判断というものは、同情と理解ののちにはじめて可能となる。だから、われわれが最初の早飲み込みの印象を脱却して正しい評価をすることの方が、他人の判断をそっくり真似したり、一見しただけでは難解で腹立たしい作品をせっかちに攻撃して、自分の評価を局限したり酸敗させることよりも、ずっと賢明で、楽しいことである――以上は二十年前に出版された『フェイバー版現代詩集』に附せられた編集者マイケル・ロバーツの序文の結語であるが、彼の言う通りの公正な判断ができる人こそアンソロジーの編集者となる本当の資格を有する。しかし、実際問題として、どのような人が編集にあたっても、どの詩人を収録するか、あるいはある詩人のどの詩を選ぶかはなかなかの難問題である。右の文章を冒頭に引用して自分が編集したアンソロジーの序文を書いているジェームズ・リーヴズという人も「載せるか載せないかの決定は、ある場合には容易でなかった……ここに収録した年寄りの詩人たちが、彼らの時代でもっとも重要かつ卓越した詩人であることに確信を抱く一方、現代に近づけば近づくほど、私の自信の揺らぐのは避けられぬことだった」と告白している。リーヴズ編のアンソロジーは英米詩人四十三名の作品百十六篇を収めた四六判百三十ページの手軽なものであるが、かりにこの程度の体裁で日本の現代詩のアンソロジーをつくるとすれば、どういうことになろう。一応の目安を言っておくと、現代詩といっても、昭和生れの詩人とか、昭和になってから書かれた詩とかいうのではなく、高村光太郎も萩原朔太郎も収録するのである。リーヴズ編には、もっとも若いのは一九二八年生れ（昭和三年）のM・S・スミス、もっとも古いのは一八三〇年（天保元年）生れのデキンスンがはいっている。デキンスンは「私の見るところではその時代（ヴィクトリア朝中期）から抜け出して書いた」からである、という。

このような体裁のアンソロジーの場合、まず、その目的、取捨選択の基準をはっきりさせておかねばならない。私が編集したいと思っているアンソロジーは、その詩が現代的であるかどうかを基準として取捨する。何が現代詩か、はここでは論じまい。明治時代の詩でも現代的な詩はあり得るわけだが、実際にはその時代の詩はほとんどが現在読むに堪えないだろう。詩史的興味はあっても現代人たるわれわれの頭と心を揺すらないだろうから、ほとんど収録しないことになろう。採る作品があるかもしれないが、例外的と言わざるを得ない。島崎藤村の「小諸なる古城のほとり」にしても、有名ではあるが、私には何らの感動を惹き起さないから載せない。また「椰子の実」にしても、その流離の憂いを流行歌のマドロスもののそれと異ならしめているのは、詩句の巧みさでも内容でもなく、大中寅二のすぐれた作曲のせいである。したがってこの詩は楽譜を附して歌曲集に収録はしても、私の編集するアンソロジーに収録する必要はない、というのが私の意見である。せっかく自分自身の手で編集する以上、単に有名であるというような「他人の判断をそっくり真似したり」することは、絶対しない方針でゆきたい。

もっとも、有名な詩は一応収録しておくという方針に立って編集されたアンソロジーもあった方が便利でいい。しかし、これを認めると、アンソロジーはかなりページ数の多いものとなることを出版社は考慮しておく必要があろう。ついでに言うと、アンソロジーの編集が出版社側の意図や都合によって、ある程度の制約を受けることは仕方がない。たとえば、出版社側が売れ行きの点を考慮して、定価を前以てほぼきめているとすれば、また値上げを好まないとすれば、それによってページ数(したがって収録作品の行数)が決定され、編集者の採りたいと思っている作品も削らねばならぬことがある。逆に、この詩人のものはぜひ収録してほしいという注文を出版社側が出すこともあろう。それが編集者の意見と合致するか、また編集者が妥協すれば問題は起らないが、そうでない時はこのアンソロジーはデッド・ロックに乗り上げるだろう。たとえば、出版社側が売れ行きに影響があるとして立原道造の詩の収録を主張したとしよう。ところが、私は立原の詩は過大評価されているという意見であり、アンソロジーから除くことによって私の評価を明確にしておきたいので、収録するつもりはない、むしろ、立原を除く理由を序文で説明する考えであるから、双方の意見は対立することになる。この場合は、立原の分として二、三ページ増加することを出版社側が認めても、私は応じない。元来が省く考えだからである。アンソロジー編集者の喜びは（それは同時に苦しみでもあるのだが）あるものは捨て、あるものは採るということによって、自分の価値判断を明らかにできることにある。したがって、できるだけ多くの詩人を収録しようとばかりするのはナンセンスである。同様に、政党の組閣や役員人事のように、派閥均衡をねらって、あれからとればこちらからも、というのも無意味である。組閣の際、総理大臣が口先きで言うだけで実行したことのない実力第一主義を、アンソロジーの編集者は実行せねばならない。「同情と理解ののちにはじめて可能となる公正な判断」による作品第一主義である。

＊

とにかく、アンソロジーは詩の読者には必要であり、もっと各種のものが出版されていい。そうしているうちに、おのずから、あるアンソロジーに定評が生じてくることになると思う。しかし残念ながら、現在のわが国にはまだ私の満足するようなアンソロジーは出ていない。あるものは古臭く過去に片寄りすぎ、あるものは取捨選択に編集者の詩観がうかがわれず、あるものは収録詩人の数のみ多く二、三流の詩人まではいっているといった具合である。こういうことになるのは、出版社側の希望が編集者を制約するためのことも多いが、アンソロジーに対する日本の現役詩人の考え方が狭量なのも、大きな原因ではないかと思う。つまり、アンソロジーに収録されないことを詩人としての重大な恥辱だと考えるものが多く、したがって編集者の方も、某々の作品を収録しないと恨まれる、というような意識が取捨選択の際にもひそんでいるらしい。その結果、どうでもいいような詩人の作品まで載ることになる。しかしこれはあくまで、そのようなつまらぬ遠慮をする編集者が悪いのである。あるアンソロジーの目的や性格が決ったら、編集者は右のような意識や情実を排し、もっぱら自己の詩的鑑賞眼に信頼して編集を進めねばならぬ。

編集者のこの仕事は大変な忍耐と労力を要する。明治、大正、昭和三代に書かれた詩は全部眼を通さねばならぬ。これは不可能かもしれないが、すくなくとも創元社版の『現代日本詩人全集』は全部読まねばならない。しかも前に読んだというのでは十分ではない。そのアンソロジーのために、改ためて読み直す必要がある。過去に出たアンソロジーも読んでおく方が便利である。おなじ詩人を収録するにしても、既刊のアンソロジーの作品とは異なったものを採る場合がでてくる。もちろん、収録詩人自体にも異同が出てくる。これらの点について、自分は自信があるが果して誤まりではないかと反省してみる――こういった作業には実に時間がかかるから、出版社の方もただせっつくだけではいけない。印税の前払いくらいはして、経済的にも編集者を助けるような心構えがほしいものである。

そのようにして一応出来あがった収録詩人と作品のリストを、友人に見せて意見を聞くことも有益だろう。編集者の思わぬミスを発見してくれることもあるし、選択について再考すべき点を教えられるかもしれない。もちろん、当初の自分の見解を変える必要はないという結論に達することもあろう。いずれにしても、編集者が自分の編集についての確信を深めるに役立つわけである。

＊

エヴリマン文庫にはいっている「現代の詩」は、日本の文庫よりちょっと大きい型で、三百二十ページ、百三十余名の詩人による三百八十篇が収録されているが、このアンソロジーの配列法は参考になる。編集者の一人であるリチャード・チャーチの序文によると、二年間ほどかかって一九〇〇—四二年の詩を集めてから「それらの詩自体の生命力と美とが、互いに他の詩から得るものによって、また互いに他の詩に与えるものによって高められるように、それらの詩を時間をかけて配列した。この作業の過程で、対象とした四十年間がすくなくとも美的見地からはざっと四つに区分されることを発見し、このアンソロジーもその区分に従って分けた」のである。四つの区分とは一九〇〇—一四年、一九一四—一八年（第一次大戦）、一九一八—三〇年、一九三〇—四二年（昭和十七年）であるが、この結果、たとえばエリオットは第二期に一篇、第三期に二篇、第四期に一篇が採られている。つまり、大抵のアンソロジーのように、詩人ごとに詩を並べているのではないのである。そこで、読者は歴史の推移を感じ得るだけではなく、ある詩人の成長のあとをも知ることができることになる。もちろん日本の場合はこの通りの区分にはなるまいと予想されるが、まず詩を集めてみて区分するという詩に即したやりかたは、単に明治、大正、昭和で区分する無意味さを救うことになろう。またこのアンソロジーは各部において、その収録詩の大体のテーマごとにまとめて配列している。たとえば第四部（一九三〇—四二年）は「前派」「告別」「創造的精神」「エロス」

「太陽のもとに」「人生の愛」「肖像」「心の遍歴」「迷路」「竜の歯」「戦争」「始めの光り」に分けられている。「前派」はキプリングの一篇だけだが、その他にはオーデン、スペンダー、C・D・ルイス、シットウエル、ミュア、ディラン・トマスらの詩が載っている。こういうアンソロジーの編集は、編集者にとっては随分労力を要する作業だが、一方読者にとっては、なかなか便利なアンソロジーになろう。ビフテキがたべたい時にはビフテキを、お茶漬がたべたい時にはお茶漬を眼の前にすぐ出してくれる便利さを、この種のアンソロジーは持つことができるからである。

＊

エヴリマン版のような編集をすると、わが国の場合、戦争期の（ことに太平洋戦争になってからの）詩の取捨に問題が生じるだろう。もちろん、戦争謳歌的なものを採るわけにはゆかない。私の記憶に残っている詩では、三好達治の「おんたまを故山に迎ふ」などは収録していいのではないかと思う。昭和十七年二月、私が陸軍病院に入院していた時、婦人雑誌か何かに掲載されていたのを手写しておいたのだが、いま引用しようと思って随分探したが見当らない。しかもこの詩は同氏の詩集『艸千里』の初版本に収められているだけで、二十五年刊の再版『一点鐘』(創元選書)戦後版(二十五年四月刊)に同書を編入した際には削除されている。したがって、創元版『現代日本詩人全集』にもその旨を編註して、作品は省いているので、いまは残念ながら引用することができない。(『艸千里』の初版は昭和十四年で、そうすると、私が入院中に見た婦人雑誌というのは、その転載かもしれない。また十九年四月刊の選書版『一点鐘』には、この詩は収録されている。*)

昭和十六年三月号の「新領土」に載った鮎川信夫の詩「囲繞地」も収録すべきものだろう。(これと戦後の彼の詩とをおなじアンソロジーで読めるようにすることは、エヴリマン的アンソロジーの編集者の楽しみである。)この詩は百五十余行の長いものだが、それを引用する。

囲繞地　**鮎川信夫**

あなたは遠く行かうとした
海よ　そして人気のない墓場がある
地の果よ　そして濁らない泉がある
やっぱり同じ陽が照り

意志は荒い山肌の斜面からむけてくるのか
夢を見なさい　不機嫌な一瞬には
あなたは悪く夢を見た
新聞を読む　虚しい日暦の傍で
お互に耳を澄ませ
社交術があなたを涸れさせたり育てたりしないうちに
あの人たちはたしかにさうしてゐる
だがあなたの素直さは
充分に人目を惹き
かつはまた　あの人たちを悲しませる黄昏を創った
時計が
音を刻み　立止まり　年を待ってゐるやうに
不図　目覚めたときは
あなたはたしかに夜をもってゐる

あの陸橋の上を
いつも群集は流れてゆく
錆びた鉄柵に凭れる小男の悲哀よ
石が鳴く　まるで蟋蟀のやうに
水の音が
なるほどあなたの剝製の体内から聞える
海からやって来たといふ　空を飛ぶ藻に乗ってきた人よ
橋の下には　レールがうねり
青い霧が立ち罩め
プラットフォームが岬のやうに曲がってくる
そしてあなたは広い眺めの外へはみ出てゐる
濡れた肩には
あなたの街灯の滲む光が
かすかに震へてゐる　神経的な
優しい眼鏡や柔かい手袋の明日の方まで湿してゐる

いとしい藻　あの愛着の汐よ
寒さが体を凍らせるまで
おびただしい暇潰しのなかでうっとりした
青春よ　もう再び戻ってきてはいけない
あの汚れた貝殻　岩に砕ける憎悪の波よ
考へあるもののやうに　また無意識のごとく
何とはなしに陸橋の上まで打寄せてくる
夜どほし歌ってゐるな　寒い眩暈のなかで
虹のやうに　或ひは地の草のやうに
記憶の中をとほってくる
怪しい手紙には翅が生えてゐたのかも知れぬ
とげとげしい息子よ　御身の
毅然たる恰好は　悲しげな眼ざしは
母の胸をどんなに不安にしてしまったか
個人を非難しないわけにはゆかない　神々の名に於て

あなたは冷たい石段を降り
人影にまぎつて　小刻みに人々に倣ひながら
新聞紙の上を歩いてゆく　固い心をもち
うなだれて　あなたを待つてゐるバスに乗つた
また明日　お会ひしませう　もしも明日があるのなら
あなたは誰かに向つてさう言つた
みんなは黙つた　眼を閉ぢ眼を開き　膝をみつめて
あなたは走つてゆくだらう
街角をまがり窓をとほりぬけて
別のあなたが
やはり濡れて陸橋に佇んでゐることを想ひ
別のあなたの藻のことを考へながら
あなたはバスに揺られ　やがて街から去つてしまふだらう

ドアを押して

お入りなさい　私が許可を与へたから
あなたは何故黙ってゐる　お坐りなさい
あなたの利益は　あなたのどの釦に隠してありますか
あなたは何故黙ってゐる
いつまでもじっと火を見凝めてゐるのは
あなたの体が氷のやうだからだ
季節はとっくに過ぎ去ってしまった
嵐の音が聞え　ドアが軋る
あなたは壁を眺めて怖れの表情を隠さうとしてゐますね
よそごとのやうに
パイプに煙草をつめる
あなたは孤独の中からも追ひたてられさうになる
追憶の蒼ざめた紙片は
あなたをどこかへ連れてゆかうとする
うす呆けてゐれば　習慣となった苦痛も

あなたのではない鏡のなかへ消えてゆく

坐席があなたを動けなくした
純潔な空気が咽喉を塞ぎ　見えない量に苛まれて
あなたはじぶんの鳥を育てた
廊下へ出て
そこにあたる影や光　樹々から流れる緑の匂ひ
宿命的な輪のなかで
あの鳥は嗄れた声で歌ってゐる
いつもあなたの臓腑をつつくとき
愛嬌ある仕科《しぐさ》で柔かい羽に堅い嘴をこすりつける
おまへは決して遠くへは飛べぬだらう
おまへの羽は
ドアから出て一つの街角をまがっただけで
息はたえ　冷たいアスファルトの上に落ち

小さな影のなかで血の気を失ってしまふだらう
そしてあなたはその小さな骸を
あの人たちと同じやうに股いでゆけるだらうか

眠れる水　眠れる森
そして時間が徒らに過ぎていった
椅子に凭れて
あなたは独り目覚めてゐた
むかしの世紀がまだ寝床に就かぬうちは
あなたの部屋にはシガアの煙がたなびいて
眠れる世界に息を吹きこむ
かつて　何処にも起らなかったこと
それのみが古くはならぬ
あなたの計算表　あなたの慈善帳
一枚の紙片のなんといふ重さ

目覚めてゐることに疲れ
やがて　おびただしい吸殻が
あなたの巨大な手から降ってきた

あなたを愛する者はない
あなたには人の背中しか見えぬ
物質で身を固め　破れたシャツで冷気を防いだ
それは又新しく湿気を呼んだ
あなたが倒れる場所といへば
ただ一脚の椅子があるだけ　気味悪くキーキーいふ音に
白昼は掠められ
馴らされた惰性で
あなたの影だけが残される
いつのまにか樹木は枯れてゐた
誰のものでもないと思ってゐた樹木

貧弱な幹に大きな葉をつけてゐた樹木
それがあなたの樹木だった
葉はぬけ落ち　黒い幹が囲繞地の隅に忘れられた
もはやあなたを導くものはない
木質は腐り　陽に煖かれ　蠟のやうに流れた
乾燥してゆく空気のなかで
人々の衣類に附着し
書物にくっつき
柱に垂れて
やがて嫉妬の火で燃え尽さうとする
あなたの意志はそれほど強く　それほど果敢ない

あなたは街の雑閙のなかをとほり
自動車や電車が
曇った空の下を違った扉に向って走ってゆくのを見た

どんな物蔭の暗い眼が
都会の時計のために残されてゐるのかしら
目的のない風が立つ
この街で生きようとしてはならぬ
あなたの指はまだ感覚を失ってはゐない
水の中にはもう春がきてゐる
窓ガラスに反射する日の光で
楡の幹には自由な樹液がのぼりはじめた
傷つける断片　それは悼ましくも長く生きてゐる
あなたは信ずる
春はぢきに立去ってしまふだらうと
またぢきに　嵐と雪で家々を覆ふ冬が来て
孤りぽっちで火を見つめてゐるだらうと
あなたを愛する者はない
あなたには人の背中しか見えぬ

知識があなたを盲ひにした
街の雑音はあなたの耳を不注意にした
だがあなたは僅かに口を利くことが出来る筈だ
〈まだ見ねばならぬ　まだ聞かねばならぬ〉

この詩は太平洋戦争勃発前の、学生で徴兵を猶予されている二十一、二歳の青年の心の状態をみごとに表現しているばかりでなく、戦後の鮎川の詩の母胎ともいえるものであるから、エヴリマン的アンソロジーならぜひ採るべきだ。
太平洋戦争の最中に出たアンソロジー『国民詩』第二集（第一書房、十八年三月刊）に収められた堀口大學氏の「歴史」は、詩としてみればとりたてていうほどのものではないけれども、この時代に、こうした性質のアンソロジーに収録されているのは不思議なので引用しておく。戦争中期における年配の詩人の反応として、これも採るつもりである。

歴史　**堀口大學**

火事がなければ

地震があった。
病気がなければ
戦《いくさ》があった。
あい間《ま》あい間《ま》に
生活《くらし》があった。
国はだんだん
大きくなった。
世路《せろ》はだんだん
嶮しくなった。
薔薇はだんだん

咲かなくなった。

よくも検閲が通ったものである。だが、おなじアンソロジーの第一集（十七年六月刊）の同氏の作品は「すめらぎはあやにかしこし」といった書き出しで収録はできない。こうした相違の生じる理由はここでは触れない。

また、『きけわだつみのこえ』所載の詩「夜の春雷」（田辺利宏作）も、収録してよいと思う。

＊

萩原朔太郎からは何を採るか。『月に吠える』からは「地面の底の病気の顔」「雲雀料理」のほか「冬」「笛」「天上縊死」「卵」からいずれか一篇、それに「殺人事件」を採る。『青猫』からは「その手は菓子である」「鶏」「軍隊」か。「青猫以後」からは「沼沢地方」。また『蝶を夢む』からは「商業」を採る。『郷土望景詩』からは一篇、「小出新道」がいいか。『氷島』からは「虎」「監獄裏の林」。ざっと字面を眺めて選んでいったので、落したものがあるかもしれないが、「殺人事件」や「商業」は私の好みであるから、ぜひ採りたいところである。

「とほい空でぴすとるが鳴る。」と始まる「殺人事件」はかなり知られているようなので、次に「商業」を引用しておく。

商業　萩原朔太郎

商業は旗のやうなものである。
貿易の海をこえて遠く外国からくる船舶よ
あるひは綿や瑪瑙をのせ
南洋　亜細亜の島々をめぐりあるく異国のまどろすよ。
商業の旗は地球の国々にひるがへり
自由の領土のいたるところに吹かれてゐる。
商人よ
港に君の荷物は積まれ
さうして運命は出帆の汽笛を鳴らした。
荷主よ
水先案内《ぱいろつと》よ
いまおそろしい嵐のまへに　むくむくと盛りあがる雲を見ないか

妖魔のあれ狂ふすがたを見ないか
たちまち帆柱は裂きくだかれ
するどく笛のさけばれ
さうして船腹の浮きあがる青じろい死魚を見る。
ああ日はしづみゆき
かなしく沖合にさまよふ不吉の鷗はなにを歌ふぞ。
商人よ
ふたたび椰子の葉の茂る港にかへり
君のあたらしい綿と瑪瑙を積みかへせ
亜細亜のふしぎなる港々にさまよひ来り
青空高くひるがへる商業の旗の上に
ああかのさびしげなる幽霊船のうかぶをみる。
商人よ！　君は冒険にして自由の人
君は白い雲のやうに、この解きがたくふしぎなる愁ひをしる。
商業は旗のやうなものである。

（原文のまま）

室生犀星は『抒情小曲集』から「ふるさとは遠きにありて思ふもの」（小景異情その二）などを採るのが常識のようだが、私は「室生犀星氏」と題する詩を収録したい。

室生犀星氏　室生犀星

みやこのはてはかぎりなけれど
わがゆくみちはいんいんたり
やつれてひたひあをかれど
われはかの室生犀星なり
脳はくさりてときならぬ牡丹をつづり
あしもとはさだかならねど
みやこの午前
すてつきをもて生けるとしはなく
ねむりぐすりのねざめより
眼のゆくあなた緑けぶりぬと

午前をうれしみ辿り
うっとりとうつくしく
たとへばひとなみの生活をおくらむと
なみかぜ荒きかなたを歩むなり
されどもすでにああ四月となり
さくらしんじつに燃えれうらんたれど
れうらんの賑ひに交はらず
賑ひを怨ずることはなく唯うっとりと
すてつきをもて
つねにつねにただひとり
謹慎無二の坂の上
くだらむとするわれなり
ときにあしたより
とほくみやこのはてをさまよひ
ただひとりうつとりと

いき絶えむことを専念す
ああ四月となれど
桜を痛めまれなれどげにうすゆき降る
哀しみ深甚にして坐られず
たちまちにしてかんげきす

（原文のまま）

この詩を推賞するのは、私ひとりかと思っていたら、二十年ほど前に出た『現代日本詩人論』（昭和十二年、西東書林）という本の中で、「室生犀星論」を受持った岡崎清一郎氏が「この珍貴な韻律を以て表現された（室生犀星氏）の颶風的人格はあの頃の年少のやくざの行状者、自分の如きを実に身ぶるひさせ昂揚させ、足でこの大地をふまひて生存している事の幸福をいやが上にハクシャをかけ痛感させて呉れたものである」と書いていた。

＊

私は昭和三十三年十一月から一年近く入院生活をしたが、この間に一番ほしかったのは適当なアンソロジーだった。病院だから、枕元にやたらに本を積んでおくわけにはゆかない。

本当に、いいアンソロジーが一冊あったら、どんなに便利かと思った。また、自分でアンソロジーを編集する考えのあることを『荒地詩集』に書いたりしたので、入院を機会に、三代の詩集を読み進もうとも計画した。しかし、実際は、寄贈されてくる詩集や詩誌を読むのが精一杯で、時間がないわけでもないのに、とてもそこまで手がまわらないうちに退院の日を迎えた。だから、まだこのような文章を書く資格はないようなものだが、アンソロジーの編集という問題については以前から考えていた方針があるので、外国のアンソロジーをかりてこれを説明し、あわせて二、三の具体的例を付け加えた。雑駁なものであるが、すこしでも読者の参考になれば幸いである。

(昭和三十四年十月八日)

＊ 筑摩版定本『三好達治全詩集』の年譜によると、この詩は昭和十三年十月号の「文學界」に「英霊を故山の秋風裡に迎ふ」という題で発表された。むろん、定本には収録されているが、神保光太郎編『三好達治詩集』(白鳳社)でも読むことができる。(昭和四十二年十月)

わたしのアンソロジー

菅原克己

I

「わたしのアンソロジー」をぼくは愛唱詩集にしよう。ところでぼくが眼をつぶって思い出すものは、はたち前の、いわばなつかしのメロディみたいなものなのである。エリュアールも、ブレヒトも、アンリ・ミショオも、シャピロもどこかに行っちゃって、にわかに大正琴みたいなものが鳴り出すのだ。たとえば、ぼくの頭の中の自動装置のボタンをちょっと押すと、詩人の名前より「歌」がとびだしてしまう。――誰が風を見たでしょう……。あれは何だっけ、そうそうクリスティナ・ロゼッティだった。という始末なのだ。むかし、クリスティナ・ロゼッティとダンテ・ガブリエル・ロゼッティという美しい姉妹がいて、その両方とも詩を書いていたが、その姉さんの方が小さいやさしい詩をたくさん書いて、そしてぼくは、根津山の林の中で友だちと写生をしながら、この歌をうたっていた。まったく、イングランドも、雑司ヶ谷裏も区別がなく、緑がひるがえるなかに、歌と少年と作者が雑居していたようなものだった。

風　**クリスティナ・ロゼッティ**

誰が風を見たでしょう
ぼくもあなたも見やしない
けれど木の葉をふるわせて
風は通りすぎてゆく

（西條八十訳）

ずっと後になって、シュペルヴィエルの詩を見たときびっくりしたようなものが、この小さな詩にもあったが、もちろんそんなことなぞ考えやしない、写生している子供はそれ自体風だったのだ。

ぼくはまたほかのボタンを押す。雑司ヶ谷や根津山のむかしは、今みたいに家など並んでいなかった。木洩れ陽、笹の間を通ってゆく小径。そして明るい所に出ると、そこに陽のよく当る丘があり、何時行っても人かげが見えない洋館が一軒ぽつんとたち、ビョルンソンの

「日向の丘」のような感じで、ぼくらのよき遊び場所だったが、その風景を思い出すと、またリズムに乗って歌うような詩がひょいと出てくるのだ。たとえばこんな詩の断片がたちまち明るくひびいてくるのである。

柊　**ルミ・ド・グウルモン**

シモオン、太陽は柊の葉の上に笑い、
四月はまた帰つて来た、私たちと遊ぶため。
四月は肩の上に花籠を載せて来る、
四月は花を野ばらにやる、椽にやる。柳にやる。
四日は野の草の間に一つ一つに花をまく、
小川の岸へも堀ばたへも溝のふちへも。
…………

（堀口大學訳）

時間は自分で自分を数えたりしない。ただそこにおかれただけで消えてゆくものなのだ。
それにしても、何でぼくはむかしの楽しい詩ばかり思い出すのだろう。

サンジャンさま　ヴェルハアラン

水際《みぎわ》でをどれ、炬火《たいまつ》、
小さな奥さまのやうに、
悲しい小さな奥さまのやうに。

サンジャンさまの宵が来た、
河の上や池の上に。
水際でをどれ、炬火《たいまつ》、
まわりに赤毛のいたづらつ子を連れて、
あのをかしな鉋屑、うづまきの気違をね。

をどれ、をどれ、をどれ、

小さな田舎の炬火《たいまつ》。

鳥がお前にちよいと触つては叫びをあげる。
小さな奥様。

風がお前を打つてはお前をまつ赤にさせる、
小さな奥さま。

司祭さまがお通りなつてはお前を祝ふ。
小さな奥さま。

宵宮《よみや》が来たね酒かすいろの地平線だね、
をどれ、をどれ、小さな奥さま、
悲しい小さな奥さま、
をどれ、をどれ、をどれ、

お前の憂鬱ををどれ。

…………

（高村光太郎訳）

高村光太郎はヴェルハアランの詩をたくさん訳している。「明るい時」「午後の時」「夕の時」などの長い詩も訳している。ぼくはこの人の詩よりも訳詩の方がずっと好きだ。明るくって、のびのびしていて。「詩の翻訳は一種の親切に過ぎない」と彼は云い、そして翻訳の動機は「フランス語を知らない一人の近親者に、せめて詩の心だけでも伝えたかったから」と云っているが、彼の全詩業を見ると、何だか悲しくなるようだ。詩とは結局、「一人の近親者に、せめて詩の心だけでも」伝えるようなものではないか。

午後の時　十九　ヴェルハアラン

私は眠の林から出て来た。
その錯落たる枝や陰の下に、
喜ばしい朝の太陽から遠く、
あなたを置いて来たので少し気が沈む。

もうフロックスや立葵がかがやいてゐる。
私は庭をやつて来る、
光を浴びて、鳴りひびく
水晶と銀との清朗な詩の事を考へながら
たちまち、私はあなたの方へ立ち帰る。
あなたの喜とあなたの起床とを促すため、
鬱蒼として重くるしい眠の陰を
私の思が、はるかに、即時、
もう突き破つたやうな気がして
ひどく勇み感激しながら。

陰と沈黙とのまだ領する
ほのかに温い家の中のあなたの処へ来ると、
私のかけかまひの無い接吻、私の朗かな接吻が、朝の曲のやうに、あなたの肉体の谿谷に鳴りひびく。
（高村光太郎訳）

詩は歌のようにしてやってきた。それならぼくの歌の根元にはどんなものがあるだろう。

2

むかし、歌はぼくの兄貴が窓辺でひくマンドリンの音とともにきた。それは「カチューシャの唄」であり、「煙草のめのめ」であり、「チリビリビン」で、それは当時の流行歌ではあったが、その背後には何やら物語りめいたものを感じさせ、詩のような気分があった。子供のぼくは言葉までおぼえることが出来ず、ただいち早く節まわしだけ覚えこみ、大きくなるに従って文句の方も知ってきたのだが、マンドリンの音色とともに、大正期の古びたハイカラさは、どうやら現在のぼくにまでつきまとっているらしいのだ。或日、仙台の目抜きの通りを、人力車を連ねて、東京からきた「有田洋行一座」なるものが賑やかにふれまわっていたが、その晩、幼いぼくは母と姉につれられて、手品、曲芸、歌劇などたいへん盛沢山な舞台を、口をあけて見ていたのである。ことに舞台いっぱいにならんだはなやかな姫たちが、一人ずつ前に出てきて歌っては、白い絹のスカートをちょっとつまんで挨拶し、また列にもどる仕草に、まったく世界がちがう抒情的なものを感じたのだ。歌は、あとで思えば「コロッケの唄」とか、「小さな鉢の花バラ」とかであったが、ぼくは母に手をひかれて帰る道で、子供心にやさしく溺々たる節まわしでいっぱいになっていたのだ。

小さな鉢の花バラが
あなたの愛の露うけて
うすくれないの花の色
きのうはじめて笑ってよ

かたいつぼみに口あてて
小雨ふるよな夢心地
あなたは何を話したの
花はあなたを待ってってよ

花をたずねていでましし

帰らぬ人の恋しさに
岡にのぼりて名をよべば
山彦ばかりが答えてよ

まったく詩を知らぬ頃のぼくらきょうだいにとって、昔の流行歌は歌う詩といっていいものだった。「命短し恋せよ乙女」にせよ、「歌はチリビリビン」にせよ、「ベアトリ姉ちゃん」にせよ、今のぼくにも、もつれてくる楽しいものがあるのだ。これらの歌には、何かはにかむような間抜けたものがあって、たとえば塩釜から菖蒲田という海水浴場まで、ぽこぽこ馬車で行ったようなのんきな大正の雰囲気そのままだった。そこでは「空にゃまっかな酒の色、なんでこの身がかなしかろ……」などという白秋の詩さえそのまま歌であり、「まだあげそめし前髪の」の藤村の詩だってそのまま流行歌になった。

こぎゆく流れに　しろがね乱れ
行くよまる木舟　夢の川路を
夜のとばりたれ　星影さやかに

静けきよろこび　胸にぞあふれ
わが歌ひびけば　はるけき空にも声あり
チリビリビン　チリビリビン……

最近、ある結婚式で、子供をつれた奥さんが、挨拶がわりにあかい顔をしてこの歌をうたったが、それはまるで大正期の娘さんを見るようだった。ぼくはふいに兄貴のマンドリンの音を思い出し、仙台市東一番町、松島座における有田洋行一座の少女たちを思いだした。ぼくは今にいたるまで、あの少女たちほど美しい歌手を見たことがない……。

二三日前に関根弘と飲み、飲むほどに彼はこんな歌を、なかなかさびのあるいい声で歌っていた。

ラインの流れ　琵琶の水
ふたりの恋は　清かつた
夕空あかく　燃ゆるころ

せめてこの歌　うたつてよ

ぼくもこの歌の節は知っているのだが、どこか二行ほど足りないらしく、関根君も例によって天井を見上げながら、考えるのだが、ふたりともついに思い出せなかった。これも大正の歌であり、「関根弘も古いぞ」などというなかれ。歌詞を知っている人がいたら彼に教えてあげて下さい。

なつかしのメロディーを披露してきたついでにもう一曲。これは亡くなった内田巌画伯がよく歌っていた歌だ。夏、ぼくが行ったとき、彼ははだかで、おなかにさらしを巻いて、廊下を歩きながら大声で歌っていた。聞き覚えだから違うかも知れないが。

ベアトリ姉ちゃん　まだねんねかい
鼻から提燈だして
ベアトリ姉ちゃん　なにいってるの
むにやむにや　寝言なんか云つて
歌はトチチリチン　トチチリチン

木魂するまでは……

3

ぼくが詩を書くようになった原因の一つには、まったくこんなように流行歌が好きだったところにあるのだろう。ぼくはセンチメンタルな文学少年だったので、藤村の「桜の実の熟する時」などを愛読していたが、そこの少年捨吉が「オフェリアの歌」に感動するあたりなど、いまだにすぐ思い出すことができるのだ。

オフェリアの歌

いづれを君が恋人と
わきて知るべきすべやある
貝の冠とつく杖と
はける靴とぞしるしなる

かれは死にけり我ひめよ

渠はよみぢへ立ちにけり
かしらの方の苔を見よ
あしの方には石たてり

柩をおほふきぬの色は
高ねの雪と見まがひぬ
涙やどせる花の環は
ぬれたるままに葬りぬ

（森鷗外訳「水沫集」）

ぼくは小説を乱読していて、何時も物語りの奥に詩みたいなものを探す気持があった。あるいはこの逆に、詩を読むときには、そこから広い物語りをさがすようなものがあった。それは今でも変りがないようだ。ぼくは十七ぐらいの時に、神田の古本屋で室生犀星の『愛の詩集』をふとひらいて、びっくりし、三十銭払って、大急ぎで家に帰り、寝ころんで一巻の詩集を読みあげ、この詩集を読む前と読んだあととで世界がちがったような気がし、これがぼくが詩を書きはじめる直接の原因になったが、まったくこの詩集の背後にある大きな未知の物語りを感じとったようなものだった。すぐれた詩というものは単純明快でいながら、ある未知なものをその先に必ず残しているのだ。それが感じられぬものはつまらぬものだと云っていい。この平凡な手法の大正の詩には、その単純さの上で、それまでのぼくの詩の概念に打撃をあたえ、さらにその舌たらずのようなところで、ぼくの未来に対する可能性をのこしてくれたのである。

はる　**室生犀星**

おれがいつも詩を書いてゐると
永遠がやつて来て
ひたひに何か知らなすつて行く
手をやつて見るけれど
すこしのあとも残さない素早い奴だ
おれはいつもそいつを見やうとして
あせつては手を焼いてゐる
時がだんだん進んで行く

おれの心にしみを遺して
おれのひたひを何時もひりひりさせて行く
けれどもおれは詩をやめない
おれはやはり街から街をあるいたり
深い泥濘にはまつたりしてゐる

室生の詩集にはこの前に書かれた『抒情小曲集』があり、この処女作時代の詩以外はぼくは好かない。あとでは一種の審美的態度さえ濃厚に出てくる。何か手のうちにまるめて、ためつすがめつするものがある。精神を解放するもの、昂揚するものが『愛の詩集』にはあった。それは粗野ではあったが、一人の青年の詩人宣言にふさわしい力強いものであった。「百姓の話にはいなみがたい詩がある。ぼくは詩の源泉を云々しているのではない。かれの話すコトバはひとつの結果なのである。コトバは、マラルメの〈華やかに仇な粧いうちすてて〉という詩句のいやらしさをすてて、バス・ロワールの村で百度もきかされた〈グレの風車をうつちやつた〉〈やさしくそつとうつちやつた。二十七日の夜に〉といった表現のなかで、力と詩的な独自の魅力をおびてくる」(ルネ・ギイ・カドウ)といったものにさえ通ずるものがあるのだ。
そういうものは山村暮鳥の詩を見たときにも感じられた。ぼくは姉の知人であった中村恭二郎という詩人をたずね、暮鳥のことをはじめて知ったのである（ちなみにいうが、この詩人は民衆詩派の末期に『青い空の梢に』というすぐれた詩集を出したきりで、詩壇から離れた。今はどうしているか知らない。河出版の『日本現代詩体系』にも作品は出ていない。民衆詩派に属する人だが、彼は民衆詩派という名をきらった）。彼は病気でベッドに寝ていた。暮鳥をいうとき、彼は昂奮したように熱をおびて喋舌った。十七のぼくは、その時縁側に腰かけて、目に滲みるような庭の青葉を見ながら彼の話を聞いていたのである。

そこの梢のてつぺんで一はの鶸がないてゐる　山村暮鳥

すつきりとした蒼天
その高いところ
そこの梢のてつぺんに一はの鶸《ひわ》がないてゐる
昨日《きのう》まで
骨のやうにつつぱつて

ぴゆぴゆ風を切つてゐた
そこの梢のてつぺんで一はの鶸がないてゐる
それがゆふべの糠雨で
すつかり梢もつやつやと
今朝《けさ》はひかり
煙のやうに伸びひろがつた
そこの梢のてつぺんで一はの鶸がないてゐる
それがどうしたと言ふのか
そんなことをゆつてゐたのでは飯が食へぬと
ひとびとはせわしい
ひとびとのくるしみ
くるしみは地上一めん
けれども高いところはさすがしづかだ
そこの梢のてつぺんで一はの鶸がないてゐる

いま、この詩の人道主義的昂奮や、自然発生物的な手法をいうのはたやすいことだ。ぼくが云いたいのはこの詩を見たときのショックのようなものだ。そして、いまでもこの作品から詩人のエスプリをはっきり感ずることができる。

　中村恭二郎氏にぼくは大分お世話になった。戦前、詩のことで個人的につきあった人は、数えるほどしかいない。その一人に、二三年前に『解体』という詩集を出した石井健吉氏がいる。この二人は云わばわが師なのだ。ぼくの詩はいろいろ変せんをみせているが、根本にはこの二人からひきついでいるものがあるようだ。中村恭二郎はぼくに暮鳥のほか、中野重治の「驢馬」の詩や、伊藤整の「雪明りの路」を教えてくれた。また岡本咲子というほとんど知られていない、脊髄カリエスで死んだ詩人も教えてくれた。この人には『木馬』と『こおろぎ』という二冊の詩集があり、いまは「……木馬は影と遊んでいる」という一節ぐらいしか覚えていないが、八木重吉のような、小さく切ない詩で溢れていた。石井健吉氏とはいまでもときどき会っているが、バイオリンがうまい、直感力の鋭い人だ。この人の、詩を書きはじめた頃の作品はながいことぼくの胸にしまってあった。孤独で不幸な詩を書いていて、それは鋭くなりながらいまも変っていない。これは石井さんのはたち時分の作品である。

孤独　石井健吉

山はかたみに手をにぎり
空をおほひてつらなれど
かなしさきはみ、火を噴きぬ。

蟻うちつれてあゆめども
照る日にうつる影はみな
はなればなれにうら寂し。
こころこころに隣れども
ことなる淵をのぞき見て
恐れおののきたたずみぬ。

（一九二八年作）

最後に小熊秀雄のことを一つ。小熊秀雄はやはり姉の知人で、ぼくは小さい姪をつれて遊びに行ったことがある。そのとき、彼は壁にぶらさげてあったギニョールを手にとって、

「フウラリ、フウラリ、グルグル、バッバ……」とかなんとか歌いながら、姪の鼻先で踊らせてみせた。別なあるとき、彼はお金に困って、ぼくに絵を売ってくれと頼んだことがある。額縁ごとで五円だった。ぼくはぼくの家にいた帝大の学生に売った。五円つかんで小熊家に戻ると、あかりがついているけれど声がしない。戸に鍵がかかっているので窓を叩くと、ぼくだと知った彼はとたんに元気づいて、窓からぼくを入れ、すぐ奥さんにバット十箇買いにやった。煙草もすえない状態だったのだ。あれは何年頃だったろう。太平洋戦争のすこし前、昭和十五年に彼は死んだ。小熊秀雄の全詩集はいい。しかし、最もぼくの胸を打つのは最後の数篇である。

無題　小熊秀雄

ああ、ここに
現実もなく
夢もなく
ただ瞳孔にうつるもの
五色の形、ものうけれ

夢の路筋耕さん
つかれて
寝汗浴びるほど
鍬をもって私は夢の畑を耕しまわる
ここに理想の煉瓦を積み
ここに自由のせきを切り
ここに生命の畦をつくる
つかれて寝汗搔くまでに
夢の中でも耕やさん
さればこの哀れな男に
助太刀するものもなく
大口あいて飯をくらい
おちよぼ口でコオヒイをのみ
みる夢もなく
語る人生もなく

毎日ぼんやりとあるき
腰かけている
おどろき易いものは
ただ一人もこの世にいなくなつた
都会の堀割の灰色の水の溜りに
三つばかり水の泡
なにやらちよつと
語りたそうに顔をだして
姿をけして影もない

4

さて、ぼくは古い詩や流行歌を思いつくままにならべてきた。ぼくは久し振りに幼い時代の恋人や、友人知己に会ってきたようだ。まだ知人は沢山いた。フランシス・ジャムとか、リルケとか、マリイ・ロオランサンとか、ギイ・シャルル・クロスとか。しかし、これらに現代的意義があるか、と開き直られたら、ひとこともない。もちろん、ぼくが今詩に書こうとしているものともやはりちがうだろう。ぼくは最後に現代の詩のアンソロジーをつくるつもりだったが、紙数がなくなったし、他の人がやってくれるだろう。ただ云いたいことは、頭の自動装置のボタンをちょっと押して、一番先に出てきた愛唱詩などというものは、それはそれなりで立派な存在理由があるということだ。よろこびはよろこびで物いえ、かなしみはかなしみで物いえ、驚いたら、ああびっくりしたというより他はないのだ。むかしの詩歌はそれを教えている。愛唱詩というものは、人間の青春、社会の青春に結びついていて、今の日本では、今後なくなるだろう。現在の詩は、現代そのものの複雑で不幸な状態を映し出しているから、愛唱などというところにはおさまらぬだろう。しかし、どんなときでも最初の稚いときを振り返るならば、それはそれとして詩人の頭を冷やすものを持つだろう。

地上を惜しむ　シュペルヴィエル

我日ぼくらは、かう云ふだらう。「それは太陽の時代だつた。
想い出すかい、太陽は枝の端まで照らしだし、
年をとつた女も、不意をくらつた娘も、同じやうに照らし、
光が当たると、すぐ物には色が出来たのだ。

太陽は競馬うまを追ひかけ、馬が停まると光も停つた。
それはぼくらが地上にゐた、忘れられない時代だつた。
何かを落すと音が出たものだ。
ぼくらは、物慣れた目付で、まはりを見まはし、
耳は風のニュアンスをすつかり聞き分け、
友達の足音がやつてくると、直ぐ判つた。
ぼくらは花も採み、滑らかな石も拾つた。
その時代にはぼくらには煙は摑めなかつた。
ああ、今は、それだけが、僕らの手で摑めるものになつてしまつたが。」

（中村真一郎訳）

詩をどうぞ

吉野 弘

去る（六〇年）八月から、私の職場の若い人たちの為にと思って、毎週一回（水曜日）詩を一篇（鑑賞と詩人略歴を附して）ガリ版刷りにして出して居ります。部数五〇部、用紙は上質百斤のもの。（半截、二つ折り）

表に絵を入れて居りますが、絵は一号を私が書いただけで、二号からは、自発的に申出てくれた若い人の手で書かれています。謄写は組合の書記さんが引受けてくれて居りますので、私のすることとは、詩をえらんで、それに鑑賞と詩人略歴をつけ、その原稿を書記さんに渡すことだけ。今迄、定期に出て居り、十一月末で十四号を数えて居ります。

今のところ、目立った反響はありませんが出来上がったものを廊下の椅子の上に、「どうぞ自由にお持ち下さい」と書いた紙片と共に載せて置きますと、一時間ぐらいのうちに大体無くなって居るようです。年配の人の机の上に載っていることもあります。

作品の選択に当っては、作品がなるべく現役詩人のものであること、面白いこと、わかりやすいこと、を心掛けて居ります。

えらばれる作品は、必ずしも一詩人の最高のものということにはなって居りません。現代詩の種々相にふれさせる（同時に、現代の種々相にふれさせる）ことが当面の狙いですから、そういう目的に叶うものでしかも平易なものをえらぶということになるわけです。

現代詩は何等かの意味で、人の頬に平手打ちをくわせる性質のものですから、こういう仕事は実を言うと、仲々気骨が折れるものです。平手打ちを、やわらかに媒介したいと思って、こんなことを始めたわけです。

作品借用に当っては、これまで一々作者の諒解を得るということをして居ませんが、どうか、無断借用のことを御容赦下さい。（以上の文章は、六一年一月当時のものです。六二年に、この職場を辞しました。）

追記 (1) ガリ版刷りによる、この〈詩の紹介〉は26号まで続けたが、そのあと、用紙代の捻出に困って、やめてしまった。上質一〇〇斤の用紙をまとめて買うには、ちょっとばかり金が要り（といってもわずかなものだが）、極めて薄給だった私にとっては、やはり負担だった。そんなわけで、用紙の購入を渋っているうちに、あとが続かなくなった。以上顚末。

(2) この本に収めたのは、以前、「現代詩」に発表したままのもので、文章も推敲したいし、作品も追加したいが、そうなると、この企画を混乱させるだろうし、私自身にも、今はそのゆとりもないので、手を加えずに送り出すことにした。

(3) ここに収めた14篇からあと、26号までの紹介詩と詩人名を、参考までに付記させていただく。15「銀の針金」関根弘 16「城」中村稔 17「静物」吉岡実 18「シグナルのように」安西均 19「一つのメルヘン」「正午」中原中也 20「海に降る雪」「花の落ちてのち」内山義郎 21「ドイツからの手紙」天野忠 22「噂」加藤四郎 23「ジェット機」小島信一 24「私の前にある鍋とお釜と燃える火と」石垣りん 25「読むひと」「旗手」「スペインの舞姫」リルケ 26「少女よ」水尾比呂志

I

夜の窓　黒田三郎

深夜

窓がことことと音をたててゐる

しめ忘れたひとつの窓

おくれ毛をかき上げながら

しめ忘れたひとつの窓をしめる

頭蓋骨に空いたひとつの窓

純白の部屋の中の純白のベッド
いつのまにかまた窓があいてゐる
ことこと音をたててゐる

深夜
遠い櫟林のなかの公衆電話室に
灯がついてゐる

だれもゐない公衆電話室に灯がついてゐる

「頭蓋骨に空いたひとつの窓」。そういう窓は実際にはありませんが、想像によって心の中に思いえがくことは出来ると思います。しめ忘れた窓が、わずかな風にあふられてコトコト音をたてているのは、とても気がかりなことに違いありません。その窓をしめます。しかしまた、いつのまにか、その窓はあいています。それはきっと、部屋をとりまいている外部に対して、ある気掛かり、説明しにくい不安を抱いているからでしょう。この詩では、眠れない人がどんな理由で眠れないのかについて何も言って居りませんが、眠れない人の不安な気持は明確に表現されていると思います。それだけでなく「純白の部屋の中の純白のベッド」という表現は、眠れないでいる人の不安が純潔で精神的なものであるような感じもおこさせます。洗練された小品ということができましょう。

（六〇・八・二十四）

2

住所とギョウザ　岩田宏

大森区馬込町東四ノ三〇
大森区馬込町東四ノ三〇
二度でも三度でも
腕章はめたおとなに答えた
迷子のおれ　ちっちゃなつぶ
夕日が消えるすこし前に
坂の下からななめに
リイ君がのぼってきた

おれは上から降りて行った
ほそい目で　はずかしそうに笑うから
おれはリイ君が好きだった
リイ君おれが好きだったか
夕日が消えたたそがれのなかで
おれたちは風や帆前船や
雪のふらない南洋のはなしした
そしたらみんなが走ってきて
綿アメのように集まって
飛行機みたいにみんな叫んだ
くさい　くさい　朝鮮　くさい
おれすぐリイ君から離れて
口ぱくぱくさせて叫ぶふりした
くさい　くさい　朝鮮　くさい

今それを思いだすたびに
おれは一皿五十円の
よなかのギョウザ屋に駈けこんで
なるたけいっぱいニンニク詰めてもらって
たべちまうんだ
二皿でも三皿でも
二皿でも三皿でも！

この詩のなかの

くさい　くさい　朝鮮　くさい

が実感として判かる方は、この詩も判かると思いますが、判からないと言う年令の方も居られると思いますので、少しつけ加えてみます。

明治四十三年八月、日韓併合という事が行われました。「朝鮮（当時の韓国）は弱体でとかく事件が起こり易く東洋平和の障碍になる」と称して、日本が韓国を支配下に置いた事を言います。以来、日本の敗戦の年まで、朝鮮の人達は日本の悪政下に呻吟し、日本人によって、「チョウセン、チョウセン」と卑しめられました。この詩の作者である岩田さんが迷子になるような子供の頃も、そういう時代だったのです。岩田さんは、大森区馬込町に住んで居たた頃を思い浮かべると、迷子になったこと、腕章をはめた大人の助けで、家の近くまで帰りついたこと、坂を上ってくるリイ君に出会ってホッとしたこと、リイ君と仲良しだったのに、友達と一緒になってリイ君をいじめた事など思い出してたまらなくなるのでしょう。その気持が実によく出ています。

（六〇・八・三十一）

3

秘密とレントゲン　谷川俊太郎

レントゲン氏は僕を唯物的に通訳しただけなのに
僕のすべての秘密を覗いたつもりで唸りたてる

赤ランプが詩的でないような暗闇に
レントゲン氏の熱情は高圧電気の磁力となって

ある特殊組成の空気をつくっている
いかにも声を感じさせる白い人達の会話
〈ここの右ルンゲはインタクトで……〉

つまり僕を通過するひとつの体系
それによって表現されると僕という世界

病院では肉体の秘密がない
そのため精神はますます多くを秘密にする

この詩には別に教訓的な意味というものはありません。内容は赤いランプのともっている暗室内での、レントゲン透視診断の状況にすぎませんが、レントゲン光線が人間の肉体を透過するさまを

レントゲン氏は僕を唯物的に通訳しただけなのに
僕のすべての秘密を覗いたつもりで唸りたてる

と言った、その表現方法が面白いわけです。
又、レントゲン光線が人間の肉体の中の秘密を全部のぞいてしまうので、精神がますます多くの秘密をもつようになる、と表現しているところや、白いガウンを着た医者たちの声のとらえかたなどもまことにたくみなものです。尚、ルンゲは肺。インタクトは損傷がないということ。

（六〇・九・八）

4　**窓　その2　茨木のり子**

鳥たちは鳥の唄をうたい
花々は黙って花の香気を薫らせる
どうして人間だけが
人間の唄をうまく唄えず
ぎくしゃくしてしまうのだろう

恋をするような　しないような
喧嘩をするような　しないような
新しい星を飛ばすような　飛ばさないような

大都会のてっぺんから覗くと
人間はみんな囚人であるらしいことが
よくわかる
もっとみずみずしいもののことを
憶いながら
若い兄弟はぼんやり立っている

鳥は鳥の唄をうたい、花は花の香気を薫らせる。それなのに、どうして人間だけが、みずみずしい唄をうたえないのだろう。どうして自由に、のびのびと振舞うことが出来ないのだろう。

恋をするような　しないような
喧嘩をするような　しないような
新しい星を飛ばすような　飛ばさないような

どっちつかずなさびしい生き方、それは人間本来の生き方なのか。それでいいのか、若い兄弟は窓のそばで、そんなことをぼんやり考えて居る。そんな状景。

（六〇・九・十四）

5　**にじ**　川崎 洋

はなしあおうじゃないか
と　ゆう声
　　がした
うすいみどりいろのこえだった
するど
もうひとつの空のほうから
はなしあおうじゃないか

とゆう声
　がした
ぽっかりあかいこえだった
　むらさきやら
たまごいろやら
　おりおり
わらいさざめいたりしながら
あさぎり　に　ぬれている
新墾地　のことなんぞを
　風が吹くたんび
話題をかえたりしながら
　それはそれは
　　ほんとうにたのしそうに
　空のこちらから
むこういっぱいにかけて

はなしあっていたことだった

この詩をよみますと、赤い色や緑やたまご色などが、空の四方から声をかけながら集ってくるさまが想像されて、たのしいかぎりです。

虹を作っている色彩のひとつひとつは、どんな美しい声で、どんな透きとおった会話をするのでしょう。

（六〇・九・二十一）

6　子供と花　長谷川龍生

遊園地の
回転木馬が
ゆっくり止まると
トッパーを羽織った女が
女の児をあやしながら
頰ずりをして抱きおろした。
すると抱きかかえている手首に

知らない男の手がぐっと伸びると
すばやく手錠がかかってしまった。
木馬の客が交代するとき、
女は女の児に白い花を持ちかざし
ひとくみの母子に愛想をふりまきながら
すれちがいざま札入をすったというのだ。
女の児はわっと泣きだした
女は片袖で顔をかくしていたが
どこかへ連れ去られてしまった。
ふたたび回転木馬が
ゆっくり動きだした。
証拠物件である白い百合の花が
そこだけ空席になった
小さい驢馬の耳に
ひっかかったまま

廻りだした。

この詩にえがかれている状景そのものは、映画などで、時に、見かけるような状景で、格別珍らしいものではないのですが、こういう状景をホウフッさせる表現力、言葉によるデッサンの正確さ、感情に溺れない観察眼に注目して欲しいと思います。ぼんやりした注意力や感傷からは、このような乾いた表現は生まれません。

（六〇・九・二十八）

7 新観察　嶋岡 晨

盲目のフランソワ・ユベール、
彼は観察した――。
「蜜蜂に関する新観察」
“Nouvelle observation sur les abeilles”がそれ、
盲目の彼は何によって蜜蜂を観たか？
彼の「目」は一人の下男だった。

蜜蜂とそのいとなみを見たのは下男だったが、
蜜蜂に関する新観察をしたのは
やはりユベールの盲目の「目」である

新しい真理の世界が、
閉された重い瞼の彼方に生れる。
ユベールの暗い心臓の洞穴の中を、
黄金の光の粉にまぶされた蜜蜂が飛びめぐる。
そして鋭い思考の針が一匹の生命を突き刺す。

私の目よ、私の下男よ、私のユベールのために
百のリポートを提出せよ、
私の船員たちよ、私の船長のために叫べ、
「船長、水平線にマストが見えます」と。
そしたら私のユベールよ、考え、答えるのだ、

「そのマストは蜜蜂の針だ」と。
下男よ、気をつけろ、見えない敵がやってくるのだ、
それは、網膜、虹彩、視神経だ！

盲目のフランソワ・ユベールという人が一人の下男を使って、「蜜蜂に関する新観察」という研究をなしとげた。そういうエピソードを材料にしてこの詩人が言っていること、それは見るということは目の網膜に映ることをぼんやり感じていることではなくて、洞察することと、考えることだというのです。だから諸君、諸君の下男であるところの自身の目に命じて百のリポートを提出させ、君は考えろ、ただし視神経や網膜が提出するところのリポートを無条件に正しい、などとは思うな。蜜蜂の針を船のマストと見間違うこともある、斯う言っているのです。まことに巧みな詩です。

（六〇・十・五）

8　**鳥の話**　**安水稔和**

いろいろなことがあって
それをひとつひとつ

なんとか乗り越えて
やっと大団円ということになって
かえって貧しくなる
とは一体どうしたことか。
終ったと
ほっと一息つく。
余白があって
奥付があって
余白があって
(時には広告)
バタリ閉じて一巻の終り。
それは箱をつくるときでも
性のいとなみにふけるときでも
おなじことなのだ。
終ったと感じることは

それまでのすべてを消し去ることで
白々しくも
貧しいことだ。
蛇の卵を温めた鳥の話は
だから大変いい話なのだ。
抱いた卵は蛇の卵だったが
鳥は一心に抱いて
体温が卵に移っていく時間を
ぐいぐいのみこんだ。
卵が孵って
蛇が大口あいて
鳥をのんでしまった
という結末はいわば蛇足である。
結末以前の盲目的恣意。
結末への浅はかな無関心。

かくのごとき
いささか異常な心情について
ひそかに学ぶところあり
と考えてよかろう。
ある暑い夏の日のことであった。
タオスのロレンスは
卵を抱きたがる鶏に業をにやし
鳥の頭を斧でたたきおとした。
この頭のなくなった鳥は
それでも卵のほうへ歩いていった
というのだ。

或る行為のもっている意味を、私たちは普通、結末のよしあし如何で考えます。俗に、勝てば官軍、敗ければ賊軍という言い方もあります。しかし私たちは、勝敗とか世間の評価とかにとらわれず、何事かをしようとすることがあります。のっぴきならない気持に駆られることがあります。斧で頭を叩き落された鳥が、それでも卵を抱こうとして卵のほうへ歩いていった、という話は、だから、ほんとうに良い話だと思います。そうは思いませんか。

（六〇・十・十二）

9

ある反省　高良留美子

わたしは百の声がぶつぶつ言うのを聞く
わたしの背後で

わたしは千の声がぶつぶつ言うのを聞く
わたしの前方で

百の声　千の口をふさぐ方法をわたしは知らない
わたしは別のやり方でかれらの声を無効にする

そしてかれらの汗のプラスチックで塗装した製品を運び出し

一片の軍事条約にそえて　あらためてかれらに売りつける
（かれらの発動機《エンジン》は動くことになれている）

わたしがいないほうが　ひとびとはうまくいくかもしれない
しかしわたしのやり方もうまくいく

わたしがいないほうが　ひとびとはうまくいくかもしれない
しかし何といってもわたしはいるのだ

だからこう考えることこそ適切だ
――わたしがいなければ
結局何事もできないだろう
わたしがいなければ
進歩もなく　幸福もないだろう

私たちには自己を主張するという態度がまだまだ欠けています。私たちはなるべく多くの人と協力するために他人と考え方の一致をはかるほうがいいにちがいありませんが、どうしても一致出来ない点に逢着することもあります。そういうとき、私たちはともすれば自分一人を無いものにすれば、というふうにして自己主張を消してしまうことがあります。一種の自己放棄です。わたしのいないほうが、ひとびとはうまくいくかもしれないという思想です。そういう思想のゆきわたっている世間に屈せず、逆にそういう世間を変えてゆこうとする思想がこの詩の中にあるのです。何といってもわたしはいるのだ、という思想です。

（六〇・十・十九）

10　戦争ごっこ　加藤八千代

草の上に
彼は倒れた
死んだふりをしながら
生きかえるのも忘れて
彼のために泣く

女の子もなしに――

この詩を、単に、戦争ごっこのスケッチとして読む人は、或いは、ものたりない思いをするかも知れませんが、もしかりに、あなたが女の人であると仮定して、あなたの恋人が今度の戦争で死んだとしたらおそらくこの詩を、無邪気な遊びのスケッチとして読みすごすことは出来ないでしょう。

今度の戦争では、この戦争ごっこの中の彼のように、たくさんの若者があっけなく、生きかえるのも忘れて、実際に死にました。「彼のために泣く女の子もなしに」死にました。生きるということの意味を考えるゆとりもなく、追いたてられるように死んだかも知れません。

そういうことを、この詩は、さりげなく、哀感を抑えて表現して、いると思います。

（六〇・十・二十六）

11 小詩集・抄　北村太郎

その一

部屋に入って　少したって

レモンがあるのに
気づく　痛みがあって
やがて傷を見つける　それは
おそろしいことだ　時間は
どの部分も遅れている

部屋に入る。かすかに匂うものがある。レモンであるのに気づく。或る痛みを感じる。傷の痛みであることに気づく。痛みがあってはじめて傷のあることに気づく。もし痛みがなければ、人は、傷があることを、いつまでも知らずにすごすのだろうか。もしそうだとすれば、それはおそろしいことではないだろうか。一人の人の場合に限らず、一つの社会でも犠牲者が出てから、はじめて、犠牲者が出た理由や意味を考えはじめる。傷があっても、痛みがなければ、傷のあることに気がつかず、傷は深いところまで浸潤してゆく。それはおそろしいことではないだろうか。傷が出来ているのに、遅れて感じられる痛み。それはおそろしいことではないか。そういうことを、この詩は語っています。（六〇・十一・二）

12

こどものための冬の唄

ジャック・プレヴェール

冬の夜
白い大きな人が走る
白い大きな人が走る
それはパイプくわえた雪だるま
寒さに追われる大きな雪だるま
村に入る
村に入る
あかりを見つけて安心する
小さな家へ
ノックもせずに入ってゆく
あたたまろうと
赤い暖炉の前に坐る
あっという間に失くなる

残ったのはパイプだけ
水たまりのまんなかに
残ったのはパイプだけ
それから古い帽子だけ。
（小笠原豊樹訳）

ジャック・プレヴェールの幼年時代は、余り幸福でなかった様子です。たとえば次のような詩に、それが見て取れます。

或る晩ぼくが生れた　招かれぬ客
その晩ぼくのおやじは数々の栄光につつまれ
夜会に行った
ぼくを見るとおやじは腹を立てた
わざと生んだんじゃないのよ
とぼくのおふくろ
だがおやじは聞く耳持たぬとばかり

やたらにはげしく手をふりまわして
出て行った。

幼年時代を余り幸福にすごさなかったらしい詩人は、今日、不幸な者や花や鳥や労働者や、時には娼婦の味方になって自由と反抗の歌を数多くうたっています。ここに引いた雪だるまのうたは別に解説を要しないでしょうが、プレヴェールの、雪だるまに寄せるやさしさと、この話を通して子供たちに話しかけるやさしさを思うべきでしょう。

（六〇・十一・九）

13　ドアの楽しみ　フランシス・ポンジュ

王はドアに手を触れない。
王は、見なれた、大きな鏡板を、そっとか、荒々しく、押しあけ、もとに戻るようにそのほうに振りむき、——腕でドアをおさえる、あの幸福を知らない。

……ある部屋の最高の妨害のひとつを、腹のあたりで、陶器の節を握りしめるうれしさ、一瞬歩みを止める素早い肉迫、眼が見ひらき、全身がその新しい部屋に順応する。

そのドアを思いきって押しあける前に、親しげな手でそれを押さえ、わが身を囲む——力強いが、よく油のきいているバネの手応えのこころよさ。

（佐藤 朔訳）

王は部屋の中に入るときドアに手を触れない。家来が前もってあけてしまうから。部屋から外へ出るときも、王はドアに手を触れない。家来が恭しくあけてしまうから。ドアをあける楽しみを、可哀想に、王は知らない。王の行手を妨害するものは何もない。王は、王の前に立ちふさがるものを、自らの手でどかして、前へ進む楽しみを知らない。

それに引き替え、わたしは、なんて幸福なんだろう。部屋に入るのに、自分の手でドアをあける。そして自分の手でしかとしめる。時に、ひどく急いで、時に、ゆっくりと。そういう幸福を王は知らない。家来になんでもやらせる王は、多くの楽しみを忘れてゆく。可哀想な王。

（六〇・十一・十六）

14　十四行詩抄　シェイクスピア

21

私とは違ったやり方をする詩人も居て
そういう詩人は塗り立てた美人を自分が歌う相手に選び、
大空まで飾りに使って
美しいものならば何でもその美人の引き合いに出し
相手を太陽や月や大地や海の中の宝庫や
四月に花が咲くのや
凡てこの広い空と世界にある
見事なものを比べるのを
寧ろ誇りに思っている。
併し私は私の相手を嘘偽りなく愛していて、その通りに書く。
それ故に私が、私の恋人は誰にも劣らず美しくて
ただ空に輝いている日や月ほどでないと言うとき

それを信じて貰いたい。
大袈裟な話が好きなものはもっと色々と並べればいい。
私は私が思っている人を売物にするつもりはないから、無暗に褒めたりしない。

（吉田健一訳）

シェイクスピアはこの詩の中で斯う言って居ます。「多くの詩人は、自分の愛人を太陽や月などにたとえて喜んでいるけれども、私はそんな大げさな言いかたをしない。私の愛人は実にすばらしいけれども、空に輝いている太陽や月ほどではない。私は自分の愛人を嘘偽りなく愛しているので、私の愛人は太陽や月の次にすばらしいと、正直に言うのだ。私の言葉をどうか信じて下さい」

全くうまいものです。こんなふうにクドかれたら、ちょっと大袈裟だと思いながらも、フラリとなりそうですね。私たちもすこしは、こういう巧みな言葉を身につけてみたいものです。

（六〇・十一・二十四）

巨人伝説

山本太郎

巨人伝説

古典はいくども読み返してみるがいいのだ。読者の理解力の伸長に応じてそれは、いくらでも珍らしい興趣を提供してくれる。まことに古典は読むごとに新らしい。

ついニ、三日前にも日本書紀をパラパラめくっていて、ちょっと面白い個所にぶつかった。以前、読んだときには、すっかり見過していたのだろう、僕には全く初めてのように愉快な説話であった。

即ち、青虫を常世神《とこよのかみ》といつわり村人から財宝をだましとった男の話だ。そこのくだりを書紀はこう語っている。


秋七月、東国《あづま》の不尽河《ふじかは》の辺《ほとり》の人大生部多《おほふべのおほ》、虫を祭ることを村里の人に勧《すす》め曰く、此は常世《とこよ》の神《かみ》なり、此の神を祭る者は富と寿《いのち》とを致さむ。巫覡《かむなぎ》等遂に詐《あざむ》きて、神語《かむごと》に託《つ》けて曰く、常世の神を祭る者は、貧しき人は富を致し、老人《おきな》は還《かへ》て少《わか》ゆ。是に由りて、加勤《ますますすす》めて民家《おほみたから》の財宝《たから》、陳酒《ふるさけ》、陳采、六畜《むくさのけもの》を路の側《ほとり》に捨てしめ、呼《よ》ばしめて曰く、新《にひ》しき富入来《きた》れり。都鄙《みやこひな》の人常世の虫を取りて清《しき》座《い》に置く、歌ひ舞ひて、福《さきはい》を求り、珍財《たから》を棄捨《す》つ、都《かつ》て益《まさ》る所無し、損費《おとりついやる》極めて甚し。……

こうした説話は書紀をはじめ、風土記や今昔物語などにも多くみうけられ、そう眼あたらしいものでもないが、（今昔、風土記は僕の愛読書のひとつだ）次に、都のいわゆる文化人、葛野秦造河勝《かとののはたのみやつこかわかつ》君が登場して、「民の惑はさるるを悪《にく》み大生部多を打つ」ところが面白かったのだ。即ち書紀はその有様を、謡歌《わざうた》として次のように記入している。

ウヅマサ《太秦》ハ、カミ《神》トモカミ《神》ト、キコエクル、トコヨノカミヲ、ウチ《罰》キタマスモ。

橘の樹枝をゾロゾロはう青虫を祭る村人や、詐る男もこっけいだが、大真面目な顔をして、恐らくは立派なヒゲなどを生した豪傑が、ひとり、太陽の真下で青虫をふんづけ「ウチキタマスモ」と叫ぶその舞踊が僕にも何ともユーモラスに感じられたのだ。「素朴さ」のもつ真卒は心をうってやまない。いま僕達がこのように、理屈もなく、ことさらなアレゴリーや、イロニーもない説話を詩的散文にまとめようとしても、仲々こうした笑いには到達しない。現代詩人はその作品のなかであまりにも「現代」に牽強附会を試みすぎているので、却って、「現在」を強く伝えることが出来ないのだ。

遠く失われたガルガンチュワの笑いよ！

そうしていま、巨人伝説の笑いが、僕達に不可能であるとしたら、僕は恐らく、巨人というイメージをダイタラボッチや、ガルガンチュワなどという一ケのデクノボーとしてではなく「ふえる集団」として頭に描いているのだ。

ふえる青虫、地球上のミドリをみんな喰いつくしてしまう青虫の大群。虫に飼われる人間。人間と虫の最終戦争。ふえる人間。地球の地下水をみんなくみあげ、空には毒の煙をふきあげて、みずからをクンセイ化する人間の大群。人間に飼われる癌細胞。人間と放射性癌疾との最終戦争、ふえる異物……幻想はかぎりなく拡がり、僕の内部で「笑いの説話」はいつのまにか現代に附会され、凍った笑いの顔ばかりが深夜、タバコのケムリをふかしている。

眼をつぶると、ケネディ基地の夜景。照明にてらしだされた核弾頭ロケット。これらはもう、ダイタラボッチのようには笑わない巨人だ。この金属の男根には、権力の匂いがして説話を結ばない。「お話は」涯かに飛んで、宇宙の秩序に同化するのではなく、太平洋上で見事に回収される。宇宙をスパイして人間をあの「ショック」にまで導こうとするのだ、文明に含有された詐術によりまさに「損費極めて甚し《おとりついやる》」だ。人工衛星はかくして、永久に、星に仮装した宇宙癌として僕達の頭上を飛ぶ。癌まじりの夜空は蜜のごとく濃厚に地球をつつみ、砂漠の彼方からは、エレクトロニクスの群れが、青虫のごとくはいよってくる。

機械のうしろには鍵《キイ》を押す手、手のうしろには死に無感動なしびれたアタマ。アタマの下には筒のごとき胴体。そこを巡るのは血管ではなく、精密に計算されたコードの束だ。ロボット。すなわち量産される人間。「群」としての巨人。おお、メフィストフェレースの笑いよ！

眼をあけると、燃える夏の海であった。台風の尖兵に似たちぎれた雲が岬の上を通過する。遠景岩礁に坐って原人のごとく蟹や海草をたべているのは草野心平。僕と辻まことは、海蝕突起の上で甲羅をほしていた。すると眼前の浪間に真黒い裸ん坊がとつぜんうかびあがり、白い歯をみせ、大きなウニを袋いっぱい投げてよこしたのだ。そしてヴァイオレットに輝く星雲のごときものを一つ手にとり「コレイチバンウマイヨ」という。「宇宙人みたいだな」

というと辻まことが「いや、そうかもしれない」と答える。ウニのセクシュアルな唇は蠕動し、角とみまがうアンテナは無気味に作動し、宇宙人がもうずっと昔から海底にやってきて、刻々殖えている話があやうく信ぜられようとしていた。僕達が偶然「ウニ」とよんでいるこの妖怪の秘密はどうしても探りださなくてはいけない。白昼の夢幻は限りなく、その底に一種の重くるしいリアリティが稲妻のごとく光って消えた。雷雲が岬の上に騰ってきていた。

ユーカラ

青虫の話のついでに、ユーカラに少しふれておこう。日本にのこる多くの説話に、動物は沢山登場するが、動物を神様にしたものには、あまりおめにかからない。

ユーカラは「神々のユーカラ」と「英雄のユーカラ」の二つに大別されるというが、僕にとって面白いのは主として前者である。口誦伝説であるユーカラは、むろん、一種の節づけをもって誦せられるが、僕達がきいてもなんのことか分らない。唯リズムには妙に気をひかれるものがあって、その反復性のとめどない歌に、歴史の血と匂いを感じてしまう。沖縄歌謡の南方的な哀愁と異なり、そこにはあきらかに北方的な神秘性が濃厚だ。下北恐山の、「おしらさま」の呪文も、ユーカラの分派ではないかなどと僕は考えている。

ともあれ、「神々のユーカラ」では実にかわゆらしく、茶目で生意気な動物の神達が登場する。金田一博士は「木や草や鳥や獣やこういうものは、我々の周囲にある通りアイヌの周囲にあるに過ぎないのに、理科の知識を植えつけられた我々とちがい、之を単なる「物」として見ているのではなく、彼等は、こういうものを通して、又神を考えているのである」といっておられるが、それはたとえば、海に採れたウニを「アアウニカ」といっておしまいにしている人間が、ある瞬間、ウニを「人間のすぐ隣りにいて、人間とは別個に、神々しいくらいに独立して生き、殖えている人物」として認識しなおすのと似てはいまいか。

そしてユーカラの神はまたずいぶん変っている。ギリシア神話やユダヤ神話（旧約）の神はおそろしく一方的な倫理で人間に対して猛威をふるうが、ユーカラの神は人間に殺されたりするのである。ユーカラの倫理はそれを見事に許している。例えばアイヌの古くからの習慣に「熊祭り」というのがある。熊は神であるから祭るのはけっこうだが、これを殺すのはヨーロッパ的教養からすれば随分妙な話だが、アイヌは次のように説明するのだ。

「動物の姿は、神々の世界から、この世へ遊びに現われて人間の目に入る形態なので、もう元の国へ帰ろうというには、人間へその形態を土産に取らせる代りに人間の手でその形態を破って霊魂を肉体から解放して貰わなければならない。人間が神の土産を感謝して御酒や御幣で篤く送る。神は神の国への土産にその供物を持って帰って行くことが出来ると、帰って も肩身が広いし、神の国で、その土産を隣人へも分けてやれるから、喜こんでその人間を見護ってやる」(金田一京助)のだそうだ。じつに立派な共存共栄で、原初的な人間の生活形式に密着した考え方ではないか。このエゴイズムにはユーモアがあり、敢ていえば救いがある。ヨーロッパの「いけにえ」「殉教」の精神には孤立があるばかりだ。(東洋の、例えば仏教は更に高度の精神性を持っているが抽象的な人間ばかりで説かれるそれは、哲学ではあっても、人間嗅い説話、もしくは、文学ではない)(賢治の「なめとこやまの熊」は仏教的であるよりむしろ、アイヌ的である)

神々のユーカラの一例をひこう。

サンタトリパイナ——月中の童子説話——

サンタトリパイナ
われ少人に、水を汲ませむとて、云ひつけしに
(彼は)炉ぶちを叩き叩き、かく云ひにけり——
「羨しや、炉ぶちは、水を汲まず」

しか云ひつつ、炉ぶちを叩き叩き、起き上りしが
戸柱を叩き叩き――
「羨ましや、戸柱は、水を汲まず」
と云ひ云ひ、外へ出で行きたり。
然るに余りにも、帰りの遅ければ
探しに我外へ出で、川添ひの道を我下りけり。
然るに、鯢の群の、上り来りければ、
「童子、水汲みに出でたりしに、
帰りが余りに遅し。それで我探せるなり（見ざりしや）」
われ云ひたりしに、
「われらは、童子がわれらに悪口して、
ポッポやい！　ポッポッやい！　とはやし立てて
行きたれば、
腹立ちたる故、童子の行くへを、我等云ふまじ」
しか云ひつつ、過ぎ行きたり。

われ下り行きしに、鱒の群が来れり。
童子のことを、我尋ねしに、
「童子はわれらを悪口し、
汚い体！　汚い体！
と云ひたる故、我等腹が立つので
童子の行くへを、我等は云はじ」
と云ひて過ぎ行きたり。
尚も我降りて、うぐひの群来りたり。
童子を我訊ねたれば、
「童子は、我等を悪口して、
尖り口よ、尖り口よ、と囃したる故
我等腹が立つなり」
云ひつつ我を過ぎ行けり。
それより、尚も我下りたりしに、
神魚（鮭ノコト）の群が来りたり。

それ故、我訊ねしに、かく云へり——
「神魚よ！　神魚よ！　と我等によびかけたり。
恭けなければ、一分四什を我等告ぐべし。
水汲むこと厭ひ
炉ぶちを打叩き、戸柱を打ち叩いたる
その神罰に、月神から捕へられて
今は月中の人になりて居るなり」
といふことを、鮭だち云ひたりけり。
それ故に、我見しに、
げにも童子は、月中の人になりて居たり。
されば、さんざんに涙を、われ落したり。
ゆめゆめ仕事をな厭ひそ、
物をな毀ちそ。
——と、昔婆が歌った歌。

ほんの一例にすぎないが、金田一氏のほのぼのとした日本語訳と相俟って、僕達は、失われかかっている「感情の自然の屈折」をそこにみることができよう。

さらに「英雄のユーカラ」では、勇士達のすさまじい決闘の場面に遭遇する。お互の傷口から流れでる血の池に胸までつかり、延々と戦う男達の描写は、類を絶してものすごい。骨だけになった戦士が臓物をボロのようにひきずり、人気のない村道を逃げてゆくと、同じように、血の袋をひきずったものが、「ショウブショウブ」とおいかけてゆく——超現実的でむしろ美しくさえある光景がチリバメられている。

ユーカラは僕の愛する物語のひとつだ。

民謡の面白さ

抒情詩の世界に眼をむけると、僕の好みはおのずから一つの特色をもっている。長歌、短歌などいわゆる定型詩には余りひかれたためしがない。むしろ、神楽歌、催馬楽、梁塵秘抄などにみられる自由な歌謡が面白い。総じて「読みびと知らず」のいわゆる民衆歌謡であるが、それだけに、美学的なつまずきがなく、肉声的である。抒情の世界は一般的に、自我の小告白型式だと考えているが、それは洗練されればされるほど、私小説的になってく

る。(短歌や俳句のなかに、その小詩型の故に、かえって極度の凝縮がうまれ、純粋詩としての高い結晶を持つものもあるが)

催馬楽等については、もう何度かのべているので、ここでは割愛し、雑謡に近いものについてすこしふれてみよう。

室町から江戸にかけての、いわゆる狂言歌謡、三味線歌謡は、その実作を「閑吟集」「隆達小唄」「松の葉」などにみることが出来るが、概して、俗嗅の強く、小節のきいたリアリズムの歌が多く、面白味はあっても感動にとぼしい。むしろ室町初期の集団労働歌としての「田植草紙」を僕は愛している。古代からの神事歌謡が民間に伝承されながら田植歌に移行していったものであるが、豊作を神に祈る村人の集団的祭礼ともいえよう。「田植草紙」は広島県山県郡新庄の近くに伝わった囃子の歌詞を収めたもので、「朝うた、昼うた、酒、酒のんだあとのうた、晩うた、あがり」と田植の進行につれて一日の労働のよろこびが歌われている。その時代の風物、伝説上の人物、都への憧れなどが、合唱、かけあいの合間にウィットとして挿入され、感情の生《なま》の起伏をいきいきと伝えている。

苗代ぞ善《よ》ふうゑや嫁は盗人やれ

そふいふ人の小娘も枕米を噛まれ
さまれいとしや嫁には無い名がたつかや
何といふともよめそしうじとは得いふまい
しうとめの口には何が生るかや

山が田を作れは面白いものやれ
猿はささらする狸鼓打つとの

打てば好う鳴るたぬきの太鼓おもしろ
昔よりささらは猿がようする
山田のかかし何時まで

（昼うた二番の一部）

*「枕米」は死者の家に贈る米という意味。「噛まれ」は「噛み」を少し尊敬したいい方にしたもの。「さまれ」は「然もあれ」

梁塵秘抄にも「茨小木《うばらこぎ》の下にこそいたちが笛吹き猿奏《かな》でかいなで、稲子麿めで拍子付く、さてきりぎりすは鉦鼓の鉦鼓のこき上手」という面白い動物歌謡があるが、田園生活のなかにともにすまう動物達を日本人はいとも楽天的にうたっているようだ。

生活の反映といえば、北津軽の民謡「嫁の口説の唄」はまたくらい歌だ。日本の農村における嫁の低さ、貧しい土地経済の上にたつぬきがたい封建性、ここにはかすかながら、そうした現実、もしくは慣習への抵抗がみられはしまいか。川柳や狂歌が、江戸町人の武家政治への消極的な反抗であったように。

一つえー、木造新田の相野村、村の端れっこの弥三郎《やしやぶろ》へ……これも弥三郎え…

二つえー、二人三人の人頼んで尾開《をびらき》万九郎から嫁貰た……これも弥三郎え…

三つえー、三つの揃へて貰た嫁、貰て見たどで気に合はね……これも弥三郎え…

四つえー、四つ夜草朝草欠かねども、遅く戻れば叱られる……これも弥三郎え…

五つえー、せめられ、ばづかれ、にらめられ、付る油っこも付けさせぬ……これも弥三郎え…

六つえー、無理な親衆に使はれて、十の指から血こあ出るあね……これも弥三郎え…

七つえー、なんぼ一生懸命働いても、義理も情もないものを……これも弥三郎え…
八つえー、弥三郎家《え》こばしれ日こ輝《て》るよ、村の林こも日輝るね……これも弥三郎え…
九つえー、此処の親衆は皆鬼こ、親も鬼こだば子も鬼こ……これも弥三郎え…
十えー、隣り知らずのぼた餅こ、嫁に喰はせねで親ばかり……これも弥三郎え…

（北津軽・嫁の口説の唄）

嫁いびり歌はかなり古くその例を見ることができる。例えば土佐日記のなかに「舟歌」として。

はるの野にてぞ　音をば泣く　若薄　手きるきる　摘んだ菜を　親やまぼるらん　姑や食ふらん　かへらや
昨夜のうなゐもがな　銭こはん　虚言《そらごと》をして　おぎのりわざをしてぜにもてこず　おのだにこず
なほこそ　国の方は見やるれ　わがちちはは　ありとしおもへば　かへらや

（土佐日記）

薄きの葉で掌をきりながら春の菜をつむ新妻が、せっかくつんだ葉も、姑がムシャムシャたべてしまうのだと嘆いている情景だ。しかも、噓つきの子供にだまされ、菜っぱを分けてやってしまったけれど、金も持ってこない。とほうにくれて、遠い故郷を思いうたった歌だろう。「かへらや」という口調がひどく実感をもっている。

自由詩型では、リズムに唯のって内容を流すということがないのだ。「かへらや」が何故効果をもつか。即ち、その前句とのつながりに適当な「間《マ》」、いいかえれば断絶があるからなのだ。

民謡の例は引用すれば限りがない。現代詩人も、横文字の詩の下手なホンヤクに時間をかけたり、下手なホンヤクをまねぶことをほどほどにして日本のまだ多く隠された歌に注意をはらったらどうだろう。

むろん、時代の制約をおのずからうけて、かくべつ新しい思想や、発想に乏しいけれど、職業化しない大衆の心をとおして生き残っている日本語の音律には、教えられることがきっと多いことだろう。

玩具と動物園

しかし、僕の詩のイメージはむしろそうした文学系の作品によってではなく触発されることが多い。数学専攻の友人にききかじり、生兵法で論戦をしながらふと湧きあがる詩の主題、群論の話をきいていると、その「数の秩序」が、精神のオーダーにつながってくるのだ。或いはガモフの太陽の誕生などをよんでいていつの間にか独断的な冥想に迷いこんだ夜。暗黒星雲の暗示、負の世界の奇妙な実在感。そして僕にとってもっと日常的なアンソロジーは、デパートの玩具売場や動物園でもある。

デパートの玩具売場には、いつも異様な興奮がうずまいている。狭い通路を猿のように駈けまわる、小さい首狩族たち。玩具売場の、明るい照明の下には、彼等の残忍な欲望をみたす、あらゆる武器がならんでいる。

小さい原始人の手がボタンをおすと電池仕掛けのロボットが音をたてて行進し、小さい原始人の指が原子銃の引金をひくと、不思議な光線が放射されて、彼は忽ち、天下無敵の宇宙人に早変りする。

飾棚にならんだ沢山の人形達は、子供の手にわたるや忽ち、首をちょんぎられたり、腹を裂かれたり、毛をむしられたりしてしまう。胸に抱いて可愛がるというのは大人の甘えた考えで、子供は、形の向うがわにかくれているものをみたいから、人形を壊してしまわなければならないのだ。

地上に天国のような世界が訪れる事があっても、僕は玩具売場から、一ケの鉄砲が姿を消すことはあるまいと考えている。あらゆる玩具の背後には、子供の熱ぼったい眼が光っていてきえやしない。

子供は玩具を壊すことでそれを支配するが、大人は平和という名の人形にしがみついている。黒いダッコちゃんだ。そしてふりおとされるのはいつも文明や平和ではなくて大人の方なのだ。

僕は仕事に疲れた頭を休めるために、玩具売場への長い階段を昇ってゆく。エレベーターなどは使わない。五階まで昇ってゆく間に僕のなかに原始人がよみがえり、一刻も早く、獰猛な首狩族にあいたいと思うのだ。神奈川県に連続して火薬の爆発事件の発生した頃、僕の友人の二人の息子はさかんに爆発ごっこというのをやっていて、大人の心を震動させた。買ってやるはしから自動車の玩具を叩きつけて壊してしまうのだ。そして「オジチャンコレブブンヒン」といって、ひんまがった車輪をさしだし、マッチの軸頭を折りまげて「シタイ五ケ」

というのだ。

動物園ではもう見るケダモノはきまっている。家畜化した奴等とは会話ができない。しかし、檻の配置は屢々変るので、しばらく無沙汰をしていると懐かしい奴が消えてなくなったりしている。概して猛獣の檻が面白い。正門から入って左手の隅の方に、僕がひそかにダークラ・コーストとよんでいた日の当らない部分があったが、そこには、クチバシが折れ、ブリキで修理された老いたハゲコウや、片眼のオオシマフクロウや、毛の抜けかけた月輪熊などが、まったくアウト・サイダーの眼つきで坐っていた。

ゴリラの力感と、オランウータンの神秘性はいつみてもあきがこないが、チンパンジーの俗物性はやりきれない想いがする。

それにしても動物園の猿達のちかごろの落着きのなさはどうしたことだろう。人間が檻のなかへ入ろうとして一生懸命なので、奴等は恐らく有史以来のコーフンを体験しはじめているのだ。


（一九六〇・十）

執筆者一覧

鮎川信夫（一九二〇年〜一九八六年）
東京都生まれ。田村隆一らと「荒地」を創刊。戦後の詩と理論の出発点を明らかにし、現代詩を主導した。文明批評、社会時評でも知られる。詩集『鮎川信夫詩集』『橋上の人』『宿恋行』『難路行』、評論『詩の見方』『現代詩とは何か』、著作集『鮎川信夫全集　全八巻』など。

田村隆一（一九二三年〜一九九八年）
東京都生まれ。鮎川信夫らと「荒地」創刊。強靭な詩的ロジックに裏づけられた思想性を詩の言葉へと彫琢し、それまでの日本近代詩にみられなかったスタイルを確立した。詩集『四千の日と夜』『言葉のない世界』『緑の思想』『新年の手紙』『死語』『誤解』『ハミングバード』『陽気な世紀末』『奴隷の歓び』『1999』。二〇〇〇年『田村隆一全詩集』刊行。

黒田三郎（一九一九年〜一九八〇年）
広島県生まれ。三六年、北園克衛の「VOU」に参加、詩作を始める。四七年、鮎川信夫、田村隆一らと「荒地」を創刊。戦争体験を経て、生活者への慈しみを平明に描出した。詩集『ひとりの女に』『小さなユリと』『もっと高く』『ある日ある時』『死後の世界』『黒田三郎著作集　全三巻』など。

中桐雅夫（一九一九年〜一九八三年）
岡山県生まれ。戦後「荒地」を生み出す母胎の一つと言われている「LUNA」「LE BAL」「詩集」を編集、発行する。詩集『中桐雅夫詩集』『会社の人事』『中桐雅夫全詩』、評論『危機の詩人』、訳詩集『現代イギリス詩集』他、英米現代詩の紹介につとめた。

菅原克己（一九一一年〜一九八八年）
宮城県生まれ。詩人。戦前には「詩行動」、戦後「新日本文学」「コスモス」「列島」に参加。人間性の本質を描き出した反戦詩人として知られる。詩集に『手』『日の底』『陽の扉』『遠くと近くで』『菅原克己詩集』『菅原克己全詩集』、エッセイ集『遠い城』など。

吉野弘（一九二六年〜）
山形県生まれ。「櫂」「谺」「今日」に参加。他者への深い共感と愛情を平明な言葉でつづる名篇は多くの人に愛唱されている。詩集『消息』『幻・方法』『10ワットの太陽』『感傷旅行』『北入曽』『叙景』『自然渋滞』『夢焼け』、評論に『現代詩入門』『詩への通路』など。二〇〇四年『吉野弘全詩集』新版刊行。

山本太郎（一九二五年〜一九八八年）
東京都生まれ。「零度」を経て「歴程」に参加。古語や俗語を自在に用い、ダイナミックに脈打つ生命感の中にも繊細な情緒を持つ作品を創作した。詩集『歩行者の祈りの唄』『山本太郎詩集』『ゴリラ』『単独者の愛の唄』『西部劇』『糺問者の惑いの唄』、詩論集『詩のふるさと』など。

詩の森文庫

E09

現代詩との出合い
わが名詩選

著者
鮎川信夫・田村隆一
黒田三郎・中桐雅夫
菅原克己・吉野 弘・山本太郎

発行者
小田久郎

発行所
株式会社 思潮社
162-0842 東京都新宿区市谷砂土原町3-15
電話 03-3267-8153(営業)・8141(編集)
ファクス 03-3267-8142 振替 00180-4-8121

印刷所
モリモト印刷

製本所
川島製本

発行日
2006年6月10日

詩の森文庫

E01
自伝からはじまる70章
大切なことはすべて酒場から学んだ
田村隆一

亡くなる間際まで毎月一章ずつ連載された自伝風エッセイ。切り立つ詩を書きつづけてきた詩人の、軽妙洒脱な散文の奥にひそむ孤高な境涯がしのばれる遺稿集。解説＝田野倉康一

E02
名詩渉猟
わが名詩選
天沢退二郎 他

天沢退二郎、池内紀、岡井隆、塚本邦雄、立松和平、坪内稔典、四方田犬彦の七氏が古今東西の名詩からアンソロジーを編む。既成の名詩集や愛唱詩集では物足りない読者に捧ぐ。

E03
詩のすすめ
詩と言葉の通路
吉野弘

戦後屈指のライトヴァースの達人による、この「詩のすすめ」は詩の読み方だけが書かれているわけではない。ふだん見過ごしている弛緩した精神への警告が隠されているのだ。

E04
私の現代詩入門
むずかしくない詩の話
辻征夫

ユーモアとペーソスの抒情詩人辻征夫が、「詩をほとんど知らない人」のために、啄木、朔太郎、中也、道造らの詩を誰よりも親しみを込めて語る辻式現代詩入門。解説＝井川博年

E05
現代詩作マニュアル
詩の森に踏み込むために
野村喜和夫

現代詩の最前線を軽快なフットワークで縦横無尽に活躍する詩人が、「歴史」「原理」「キーワード」に「ブックガイド」を添え、詩の作り方、鑑賞方法を導く書き下ろし現代詩入門。